逃走中
オリジナルストーリー

ハンター乗車中!? 新幹線で一発逆転！

逃走中（フジテレビ）・原案
小川 彗・著
kaworu・絵

集英社みらい文庫

小清水《こしみず》 凜《りん》

陽人《はると》と玲《あきら》の幼《おさな》なじみ。陽人《はると》と同《おな》じく【逃走中《とうそうちゅう》】の比較対象者《ひかくたいしょうしゃ》として参加《さんか》。運動神経《うんどうしんけい》がよく、楽天的《らくてんてき》な性格《せいかく》。自称《じしょう》『スポーツ美少女《びしょうじょ》』。

白井《しらい》 玲《あきら》

陽人《はると》の幼《おさな》なじみで親友《しんゆう》。陽《はる》人《と》と同《おな》じく【逃走中《とうそうちゅう》】の比《ひ》較対象者《かくたいしょうしゃ》として参加《さんか》。同《おな》じサッカークラブ所属《しょぞく》で、頭《あたま》がよい。通称《つうしょう》『影《かげ》の参謀《さんぼう》』。

和泉陽人《いずみはると》

サッカーが大好《だいす》きな小学《しょうがく》６年生《ねんせい》。【逃走中《とうそうちゅう》】の比較対象者《ひかくたいしょうしゃ》として参《さん》加《か》。通称《つうしょう》『野生《やせい》のストライカー』。負《ま》けず嫌《ぎら》いで友達思《ともだちおも》い。

逃《とう》走《そう》中《ちゅう》参《さん》加《か》者《しゃ》

佐々木《ささき》 恵太《けいた》
将来《しょうらい》はピン芸人《げいにん》をめざしている小学《しょうがく》6年生《ねんせい》。弟《おとうと》2人《ふたり》は、コンビ芸人《げいにん》と落語家《らくごか》をめざしている。
宍戸《ししど》 翼《つばさ》
電車《でんしゃ》が大好《だいす》きな小学《しょうがく》5年生《ねんせい》。望《のぞむ》とは鉄道仲間《てつどうなかま》で親友《しんゆう》。夢《ゆめ》は新幹線《しんかんせん》の運転士《うんてんし》。
児玉《こだま》 望《のぞむ》
クールに思《おも》われがちだが、実《じつ》はものすごく人見知《ひとみし》り。小学《しょうがく》5年生《ねんせい》。夢《ゆめ》は新幹線《しんかんせん》の整備士《せいびし》。転校《てんこう》が決《き》まっている。
岡部《おかべ》隼人《はやと》
チームプレーが大好《だいす》き。しっかり者《もの》で熱血《ねっけつ》タイプな小学《しょうがく》6年生《ねんせい》。
浅間《あさま》つばめ
お嬢《じょう》さま気質《きしつ》な小学《しょうがく》6年生《ねんせい》。プライドが高《たか》く、自分《じぶん》がなにより一番《いちばん》。
土岐《とき》瑞穂《みずほ》
おじいちゃん・おばあちゃんっ子《こ》で、明《あか》るい小学《しょうがく》6年生《ねんせい》。旅《たび》が好《す》き。
谷川《たにがわ》 鷹《たか》
独特《どくとく》な感性《かんせい》をもつ小学《しょうがく》5年生《ねんせい》。ひとりで考《かんが》えて、ひとりで行動《こうどう》するのが好《す》き。
月村《つきむら》サトシ
【逃走中《とうそうちゅう》】のゲームマスター。とある理由《りゆう》で、陽人《はると》たちをゲームに参加《さんか》させる。
ハンター
サングラスに黒《くろ》いスーツ姿《すがた》のアンドロイド。逃走者《とうそうしゃ》を超人的《ちょうじんてき》なスピードで追跡《ついせき》する。

もくじ contents

run for money original story : rulebook

逃走中《とうそうちゅう》のルール

1. 逃走中《とうそうちゅう》とは賞金獲得《しょうきんかくとく》をかけたゲームである。

2. 逃走者《とうそうしゃ》は賞金獲得《しょうきんかくとく》のために
制限時間内《せいげんじかんない》を逃《に》げる。

3. ハンターは逃走者《とうそうしゃ》を捜索《そうさく》し
発見次第《はっけんしだい》、追跡《ついせき》し確保《かくほ》してくる。

4. 確保《かくほ》、または失格《しっかく》になると賞金《しょうきん》はゼロとなる。

5. 賞金《しょうきん》=1秒《びょう》ごとに上昇《じょうしょう》。
金額《きんがく》はリアルタイムで確認可能《かくにんかのう》。

6. ゲーム終了《しゅうりょう》まで逃《に》げきれば賞金獲得《しょうきんかくとく》。

お手洗《てあら》い
EV エレベーター
run for money
逃走中
2F
屋外展示《おくがいてんじ》
① ケ90 ② N700系《けい》
逃走《とうそう》エリアマップ
仮想《かそう》・リニア・鉄道館《てつどうかん》
収蔵車両《しゅうぞうしゃりょう》エリア
Ⓐ 0系《けい》16形《がた》
Ⓑ 0系《けい》37形《がた》
Ⓒ クハ117
Ⓓ クモハ165
Ⓔ サロ165
Ⓕ モハ63
Ⓖ キハ82
Ⓗ キハ48000
Ⓘ オロネ10
Ⓙ マイネ40
Ⓚ オハ35
Ⓛ オヤ31
Ⓜ スニ30
EV
キッズコーナー
飲食《いんしょく》コーナー
体験《たいけん》学習室《がくしゅうしつ》
歴史《れきし》展示室《てんじしつ》
N
新幹線《しんかんせん》エリア
③ 700系《けい》723形《がた》
④ 922形《がた》(T3《ティー》) ドクターイエロー
⑤ 300系《けい》322形《がた》
⑥ 100系《けい》168形《がた》
⑦ 100系《けい》123形《がた》
⑧ 0系《けい》36形《がた》
⑨ 0系《けい》21形《がた》
在来線《ざいらいせん》エリア
⑩ キハ181
⑪ クハ381
⑫ クハ111
⑬ クモハ12
⑭ モハ52
⑮ スハ43
⑯ EF《イーエフ》58
⑰ モハ1
⑱ ホジ6005
⑲ C《シー》57
⑳ ED《イーディー》18
㉑ ED《イーディー》11
センターデッキ
シンボル展示《てんじ》
あ C《シー》62
い 955形《がた》(300X《エックス》)
う MLX01-1《エムエルエックスゼロワンダッシュワン》
プロジェクションマッピング
国鉄《こくてつ》バス第《だい》1号車《ごうしゃ》
EV
収蔵展示室《しゅうぞうてんじしつ》
映像《えいぞう》シアター
デリカステーション
逃《に》げきれたら一緒《いっしょ》に乗《の》ろうな!

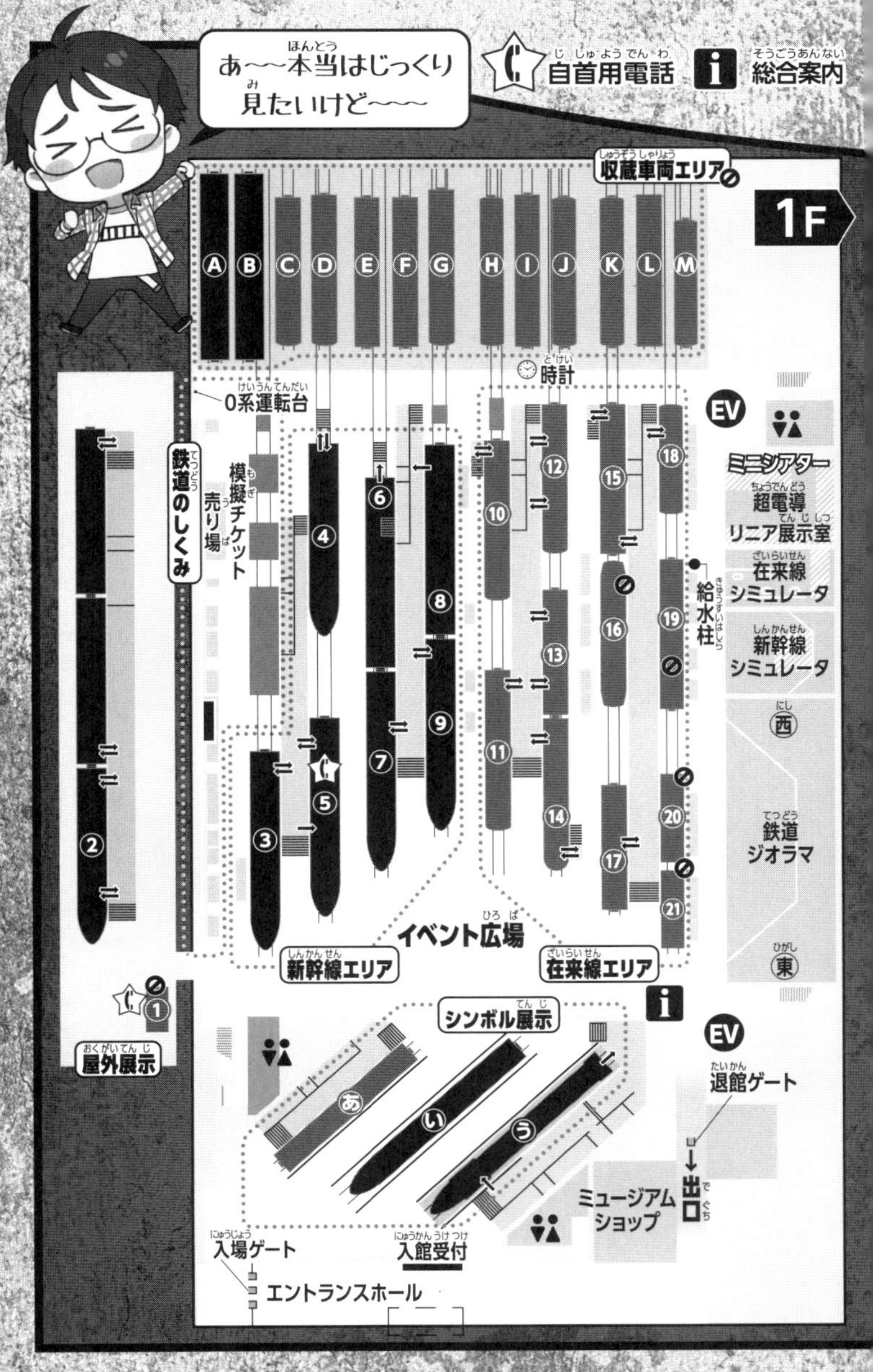

あ〜〜本当《ほんとう》はじっくり
見《み》たいけど〜〜〜
自首用電話《じしゅようでんわ》
総合案内《そうごうあんない》
収蔵車両《しゅうぞうしゃりょう》エリア
1F
時計《とけい》
0系運転台《けいうんてんだい》
鉄道《てつどう》のしくみ
模擬《もぎ》チケット売《う》り場《ば》
EV
ミニシアター
超電導《ちょうでんどう》リニア展示室《てんじしつ》
在来線《ざいらいせん》シミュレータ
新幹線《しんかんせん》シミュレータ
給水柱《きゅうすいはしら》
西《にし》
鉄道《てつどう》ジオラマ
東《ひがし》
イベント広場《ひろば》
新幹線《しんかんせん》エリア
在来線《ざいらいせん》エリア
屋外展示《おくがいてんじ》
シンボル展示《てんじ》
EV
退館《たいかん》ゲート
出口《でぐち》
ミュージアムショップ
入場《にゅうじょう》ゲート
入館受付《にゅうかんうけつけ》
エントランスホール

00　とびらのむこうは【逃走中《とうそうちゅう》】

いまかいまかとワクワクしながら、6年生《ねんせい》の和泉陽人《いずみはると》はホームに流《なが》れる電光掲示板《でんこうけいじばん》を見《み》あげていた。

ホームにはすでに順番《じゅんばん》を待《ま》つ列《れつ》ができている。

そのなかほどにならぶ陽人《はると》は、今日《きょう》がくるのを指《ゆび》おり数《かぞ》えて待《ま》っていた。

これから家族《かぞく》で、おばあちゃんの家《いえ》へ遊《あそ》びにいく。

それも、生《う》まれてはじめて新幹線《しんかんせん》に乗《の》ってだ。

「おっ！　きた！」

在来線《ざいらいせん》の電車《でんしゃ》とはちがい、つるっとして、まるみのある顔《かお》がホームにすべりこんでくる。

（大《おお》きな犬《いぬ》……、いや、竜《りゅう》みたいな感《かん》じなんだな、新幹線《しんかんせん》って！）

こんなに間近《まぢか》で新幹線《しんかんせん》を見《み》るのもはじめてだ。

ゆっくりと開《ひら》いたスライド式《しき》の乗降口《じょうこうぐち》から、車内《しゃない》にいた人《ひと》たちがおりてくる。

ソワソワしながらその様子《ようす》を見《み》ていた陽人《はると》に、父《とう》さんが声《こえ》をかけてきた。

「席《せき》は予約《よやく》してあるんだから、あせるなよ」

「わかってるって！」

笑《わら》いながらいう父《とう》さんにこたえるあいだにも、乗車《じょうしゃ》の順番《じゅんばん》は近《ちか》づいてくる。

つぎはいよいよ陽人《はると》の番《ばん》だ。

「よし！　初新幹線《はつしんかんせん》――」

記念《きねん》すべき一歩《いっぽ》をふみだしたはずの陽人《はると》の視界《しかい》が、一瞬白《いっしゅんしろ》い光《ひかり》につつまれた気《き》がした。

思《おも》わず目《め》をつぶって、まぶたをあけて。

「――新幹線《しんかんせん》、だけども！」

思《おも》わず、そうさけんでしまった。

これから乗《の》る予定《よてい》の新幹線《しんかんせん》はどこにもなく、ホームに流《なが》れるアナウンスも雑踏《ざっとう》もない。

目《め》の前《まえ》に広《ひろ》がるのは、黒《くろ》い床《ゆか》と壁《かべ》の広《ひろ》い空間《くうかん》。

そこに3つの車両《しゃりょう》がおかれている。

ひとつは、「つばめ」と書《か》かれたヘッドマークのついた黒《くろ》い蒸気機関車《じょうききかんしゃ》。

そして、陽人《はると》が乗《の》るはずだった新幹線《しんかんせん》とよく似《に》た形《かたち》の車両《しゃりょう》。

一番右側《いちばんみぎがわ》にあるのは、新幹線《しんかんせん》よりとんがった顔《かお》をした、どことなく変身《へんしん》ヒーローを思《おも》わせるデザインの車両《しゃりょう》だ。

「どこだ、ここ……？」

「今回《こんかい》の【逃走中《とうそうちゅう》】はここってことだね」

あたりまえのように聞《き》こえてきた声《こえ》は、幼《おさな》なじみの**白井玲《しらいあきら》**だった。

小学《しょうがく》1年生《ねんせい》から6年生《ねんせい》まで同《おな》じクラス。

放課後《ほうかご》は同《おな》じサッカークラブで練習《れんしゅう》をしている大親友《だいしんゆう》だ。

勘《かん》と体力《たいりょく》で走《はし》りぬけ、『野生《やせい》のストライカー』と呼《よ》ばれる陽人《はると》とちがい、玲《あきら》は『影《かげ》の参謀《さんぼう》』と呼《よ》ばれるほど頭《あたま》がきれる。

「ということは……」

陽人《はると》がきょろりと視線《しせん》をあげようとしたそのとき。

「見《み》て見《み》て、ふたりとも！　ここすっごくカッコいいわよー！」

もうひとりの幼《おさな》なじみ、**小清水凛《こしみずりん》**の大《おお》きな声《こえ》も聞《き》こえてきた。

自称《じしょう》「スポーツ美少女《びしょうじょ》」の凛《りん》は、陽人《はると》からすればただの体育好《たいいくず》きの体力《たいりょく》オバケ。

考《かん》えるよりも先《さき》に体《からだ》が動《うご》くタイプの凛《りん》は、とつぜん知《し》らない場所《ばしょ》につれてこられても、ひたすら楽《たの》しんでいるようだ。

「なんだかいまにも動《うご》きだしそうよね！　今回《こんかい》の【逃走中《とうそうちゅう》】は、これに乗《の》って逃走《とうそう》するのかしら？　ハンターがこれに乗《の》って追《お》いかけてくるとか？」

「いや、さすがにそれはないだろ……」

「電車《でんしゃ》の速《はや》さには勝《か》てないからなぁ」

凛《りん》の推理《すいり》に、さすがの玲《あきら》も苦笑《くしょう》している。

【逃走中《とうそうちゅう》】――それは、少《すこ》し前《まえ》から陽人《はると》たち3人《にん》が「比較対象者《ひかくたいしょうしゃ》」として参加《さんか》させられているきみょうなゲームだ。ハンターと呼《よ》ばれる俊足《しゅんそく》のアンドロイドから逃《に》げつつ、さまざまなミッションをクリアしながら、指定《してい》のエリアを60分間全力《ぷんかんぜんりょく》で逃《に》げきるゲーム。

逃《に》げられた分《ぶん》だけ賞金《しょうきん》がもらえるが、途中《とちゅう》でハンターに捕《つか》まれば賞金《しょうきん》はゼロ。

「うっひょぉおお！　なんだここ！　すっげー！　あっ！　これSL《エスエル》じゃん！」

急《きゅう》にテンションの高《たか》い声《こえ》が聞《き》こえてきた。

陽人《はると》たちがふりかえると、目《め》をかがやかせている男子《だんし》がひとり。

蒸気機関車《じょうきかんしゃ》のまわりをぐるぐるまわっているのは、6年生《ねんせい》の**佐々木恵太《ささきけいた》**だ。

前髪《まえがみ》を2つにまとめてゴムでとめている恵太《けいた》は、全身《ぜんしん》ゼブラ柄《がら》というちょっと奇抜《きばつ》な格好《かっこう》だ。

その姿《すがた》は、なんだか見覚《みおぼ》えがある気《き》がする。

「なぁ。あいつ、前《まえ》にも【逃走中《とうそうちゅう》】に参加《さんか》してなかったか……？」

「うん、いた気《き》がする」

「あの子《こ》も比較対象者《ひかくたいしょうしゃ》なんじゃない？」

ボソボソと小声《こごえ》で話《はな》していた陽人《はると》たちに気《き》づいた恵太《けいた》が、ニカッと笑顔《えがお》をむけてきた。

「やぁあやぁあっ！　俺《おれ》のオーディエンス諸君《しょくん》！」

ビシッと親指《おやゆび》を立《た》てて、わけのわからないことをいってくる。

ブッとふきだした凛《りん》とまゆをひそめた陽人《はると》をなだめながら、玲《あきら》がやさしく声《こえ》をかけた。

「ええと、鉄道《てつどう》くわしいの？」

「ぜんぜんっ！　あ、でもSL《エスエル》はアニメで見《み》たことあるからな！　やっぱりピン芸人《げいにん》で生《い》き残《のこ》るためには、社会《しゃかい》の流行《りゅうこう》にはつねに敏感《びんかん》でいないとあかんですや〜ん！」

おかしな関西弁《かんさいべん》をつかいながら、はっはっは、とふんぞりかえって笑《わら》う恵太《けいた》は、なぜだか自信《じしん》たっぷりだ。

「なんだ、あいつ……？」

陽人《はると》が思《おも》わずそういったとき。

17

『ようこそ**【逃走中《とうそうちゅう》】**へ』

ふいに、男《おとこ》の声《こえ》が聞《き》こえてきて、陽人《はると》たちは顔《かお》をあげた。

車両《しゃりょう》がならぶフロアの奥《おく》。

そこに広《ひろ》がるスクリーンに、白《しろ》い服《ふく》を着《き》た月村《つきむら》サトシが映《うつ》しだされている。

どことなく研究者《けんきゅうしゃ》っぽい雰囲気《ふんいき》をした月村《つきむら》は、この**【逃走中《とうそうちゅう》】**のゲームマスターだ。

『ここは**「仮想《かそう》・リニア・鉄道館《てつどうかん》」**だ。きみたちには今回《こんかい》このステージで、あたらしい参加者《さんかしゃ》たちとともに逃走成功《とうそうせいこう》をめざしてもらいたい。複数回参加者《ふくすうかいさんかしゃ》のきみたちと新規参加者《しんきさんかしゃ》とちがうルールはひとつだけ。初参加者《はつさんかしゃ》に自分《じぶん》たちが複数回参加者《ふくすうかいさんかしゃ》だということを故意《こい》に知《し》らせてはいけない』

いつものように淡々《たんたん》とした口調《くちょう》で、月村《つきむら》が説明《せつめい》をはじめる。

『スタート地点《ちてん》はここ「シンボル展示《てんじ》」だ。**逃走《とうそう》1秒《びょう》ごとに１００円《えん》。開始《かいし》から30分《ぷん》で1秒《びょう》２００円《えん》に、50分《ぷん》からは1秒《びょう》３００円《えん》に増額《ぞうがく》される。60分間《ぷんかん》、逃走《とうそう》に成功《せいこう》すれば、賞金額《しょうきんがく》は60万《まん》円《えん》。途中《とちゅう》でエリア内《ない》にある自首用電話《じしゅようでんわ》をつかい、自首《じしゅ》を選《えら》ぶことも可能《かのう》だ**』

「は……？　な、なにこれ……？」

「ここ、どこだ!?」

説明《せつめい》の途中《とちゅう》で、ざわざわと声《こえ》が聞《き》こえてきた。

いつのまにか、陽人《はると》たちのまわりに6人《にん》の子《こ》どもたちがいる。

「あれ？　じ、じいちゃんどこ……？　ばあちゃんもいない……!?」

不安《ふあん》げにきょろきょろとあたりを見《み》まわしているのは、6年生《ねんせい》の**土岐瑞穂**《ときみずほ》。ショートボブにジーンズ、キャップをかぶり、オーバーサイズのシャツを着《き》ている瑞穂《みずほ》は、目《め》が大《おお》きくてボーイッシュな雰囲気《ふんいき》がある女《おんな》の子《こ》だ。

「うわっ！　ううわわわっ！　すごい！　これ見《み》て、望《のぞむ》！　955形新幹線試験電車《がたしんかんせんしけんでんしゃ》だよ！」

「翼《つばさ》、こっちリニアもあるぞ……超電導磁石《ちょうでんどうじしゃく》の力《ちから》で車両《しゃりょう》をうかして走《はし》るとか、マジで革新的《かくしんてき》な技術《ぎじゅつ》だよな……」

興奮気味《こうふんぎみ》な会話《かいわ》をしながら展示車両《てんじしゃりょう》に近《ちか》づいていくのは、**宍戸翼**《ししどつばさ》と**児玉望**《こだまのぞむ》の5年生男子《ねんせいだんし》コンビだ。

かけた眼鏡《めがね》のフレームを両手《りょうて》でおさえながら、うわぁうわぁ、と感動《かんどう》の声《こえ》をあげている小柄《こがら》な翼《つばさ》と、背《せ》が高《たか》く、感動《かんどう》をかみしめるようにしっかりと話《はな》すととのった顔立《かおだ》ちの望《のぞむ》は、なんだか対照的《たいしょうてき》な雰囲気《ふんいき》だ。

だけど、おたがい熱心《ねっしん》に車両《しゃりょう》を見《み》つめる様子《ようす》はとても似《に》ている。

「あいつら、友《とも》だちなんだな」

「そうみたいだね」

陽人《はると》が小声《こごえ》で玲《あきら》にそういったとき。

「な、なによこれ……、どうしていきなりこんなところに……、ここはどこ？　はっ！　もしかして誘拐《ゆうかい》されたのかしら!?」

青《あお》ざめた顔《かお》でそういったのは、6年生《ねんせい》の**浅間《あさま》つばめ**だった。

自分《じぶん》の体《からだ》を両腕《りょううで》で抱《だ》きしめるつばめは、おとなしいお嬢様然《じょうさまぜん》としたクラシックな服装《ふくそう》をしているが、ツン、と口《くち》をとがらせているせいで、ちょっとキツめな印象《いんしょう》を受《う》ける。

そんなつばめの言葉《ことば》に、「いやいやいや」と声《こえ》をかけたのは、パーカーを着《き》ている6年生《ねんせい》の**岡部《おかべ》隼人《はやと》**だ。今回《こんかい》の参加者《さんかしゃ》のなかで一番背《いちばんせ》が高《たか》く、がっしりとした体形《たいけい》の隼人《はやと》は、考《かんが》えこむように顎《あご》に手《て》をあてる。

「いきなりこんな誘拐《ゆうかい》なんてできないさ。できないはずだ。じゃあ、これなんだって考《かんが》えたんだけど、合理的《ごうりてき》に考《かんが》えたら――」

そういって、隼人《はやと》は明《あか》るい表情《ひょうじょう》でつばめの肩《かた》にポンと手《て》をおき、

「夢《ゆめ》だな！　夢《ゆめ》！」

「触《さわ》られた感触《かんしょく》あるわよ、ばか！」

「そういう夢《ゆめ》もきっとあるんだって」

ぎゃんぎゃんといいあうつばめたちをチラリと見《み》ながら、部屋《へや》のなかを歩《ある》きまわっているのは、5年生《ねんせい》の**谷川鷹《たにがわたか》**。じっくり観察《かんさつ》しているような様子《ようす》の鷹《たか》は、ふわふわとした天然《てんねん》パーマに、蝶《ちょう》ネクタイという格好《かっこう》で、ちょっと探偵《たんてい》のようにも見《み》える。

「ボクたちには、きっと、なにか共通点《きょうつうてん》があるはず……、ボクのカンがそういっています……」

ぼそりとつぶやく鷹《たか》に、まるでこたえるかのようなタイミングで、月村《つきむら》がつづける。

『きみたち10人《にん》は、このハガキをだした子《こ》どもたちのなかから選《えら》ばせてもらった』

そういうなり、スクリーンに1枚《まい》のハガキが映《うつ》しだされた。

「ちょっと、あれって……」

隼人《はやと》にくってかかっていたつばめが、思《おも》わず口《くち》をおさえた。

ほかの子《こ》どもたちも全員覚《ぜんいんおぼ》えがあるようで、その場《ば》がシンとしずまりかえる。

漫画《まんが》や雑誌《ざっし》にはいっていたこのハガキには、「新感覚《しんかんかく》ゲーム！　最後《さいご》まで勝《か》ち残《のこ》ったら賞金《しょうきん》がきみの手《て》に！　参加者大募集中《さんかしゃだいぼしゅうちゅう》！」と書《か》かれている。

おもしろそうな文面《ぶんめん》につられてハガキをだした陽人《はると》たちも最初《さいしょ》、そうやって**【逃走中《とうそうちゅう》】**に参加《さんか》することになったのだ。

『いまから5分後《ふんご》、エントランスホールから、アンドロイドのハンターが2体放出《たいほうしゅつ》される。きみたち逃走者《とうそうしゃ》が視界《しかい》にはいると、超人的《ちょうじんてき》なスピードで見失《みうしな》うまで追跡《ついせき》する。安全《あんぜん》な隠《かく》れ場所《ばしょ》はない。ハンターに確保《かくほ》されたら即失格《そくしっかく》。それまでの賞金《しょうきん》はゼロになる』

しずかな室内《しつない》に、月村《つきむら》の淡々《たんたん》とした声《こえ》が響《ひび》く。

同時《どうじ》に、スクリーンにハンターの姿《すがた》が映《うつ》しだされた。

「ひっ！　な、なに、あれ……」

のどの奥《おく》で悲鳴《ひめい》をあげたつばめは、ふるふるとふるえている。

その気《き》もちは、陽人《はると》にもよくわかった。

いまはまだ微動《びどう》だにしないハンターだが、黒《くろ》いスーツを着《き》て、黒《くろ》いサングラスをかけた不気味《ぶきみ》な雰囲気《ふんいき》は、スクリーン越《ご》しでもただよってくる。

がっしりとした体《からだ》には無駄《むだ》がなく、いかにも足《あし》の速《はや》いスポーツマンを思《おも》わせる。

これから陽人《はると》たちは、あのハンターたちから逃《に》げきらなければならないのだ。

怖《こわ》い以外《いがい》の感情《かんじょう》がうかぶほうが少《すく》ないだろう。

何度《なんど》も参加《さんか》している陽人《はると》だって、ハンターを見《み》るたびに身《み》のひきしまる思《おも》いがする。

「んー！　怖《こわ》くてワクワクしてきたわよねー！」

「なんでだよ！」

「さすが、凛《りん》ちゃん……」

目《め》をかがやかせながらスクリーンを見《み》ている凛《りん》が少数派《しょうすうは》なのだ。

ほかの子《こ》どもたちも、みんな不安《ふあん》そうに視線《しせん》をさまよわせている。

だが月村《つきむら》は、そんな彼《かれ》らを気《き》にもとめずに残《のこ》りの説明《せつめい》をつづけていった。

逃走《とうそう》エリアや制限時間《せいげんじかん》、自首《じしゅ》の説明《せつめい》——

それから、いつのまにか全員《ぜんいん》の腕《うで》につけられたリストウォッチと、腰《こし》のウェストポーチの説明《せつめい》を終《お》える。

陽人《はると》はウェストポーチからそっとタブレットをとりだして電源《でんげん》をいれた。

「ミッション」と書《か》かれたボタンをタップしてみる。

ミッション1　残《のこ》り時間《じかん》55分《ふん》で通達《つうたつ》。
ミッション2　残《のこ》り時間《じかん》40分《ぷん》で通達《つうたつ》。
ミッション3　残《のこ》り時間《じかん》15分《ふん》で通達《つうたつ》。
（＋《プラス》ミッション……ゲームのなかのどこかで通達《つうたつ》）

「あっ、＋《プラス》ミッションあるのね！　たのしみー！」

のぞきこんできた凛《りん》が、うれしそうな声《こえ》をあげた。

「いや、ぜったいたのしくはないだろ!?」

思《おも》わずつっこんでしまったが、となりの玲《あきら》も苦笑《くしょう》している。

そもそも逃《に》げるために必要《ひつよう》なミッションを、楽《たの》しいと思《おも》えるのは凛《りん》くらいだ。

つぎのボタンをタップしようとしたところで、月村《つきむら》の声《こえ》がつづけた。

『いまからここに時間《じかん》が表示《ひょうじ》される。それがゼロになったら、ハンターがきみたちを捕《つか》まえに動《うご》きだす。きみたちの健闘《けんとう》を祈《いの》る』

そういうなり、スクリーンから月村《つきむら》が消《き》えた。

同時《どうじ》に、ピッと音《おと》がして、スクリーンに大《おお》きく『05：00』という数字《すうじ》がうかんだ。

1秒《びょう》、また1秒《びょう》と減《へ》っていく数字《すうじ》はカウントダウンだ。

全員《ぜんいん》のリストウォッチにも、同《おな》じ数字《すうじ》が表示《ひょうじ》されている。

「ど、どういうことよ……？　いまの、なに!?」

「……た、たぶん、逃《に》げろってことだと思《おも》う……」

とつぜん変《か》わった画面《がめん》にうろたえるつばめに、隼人《はやと》が小《ちい》さくそうつぶやく。

恵太《けいた》はじりじりとカニ歩《ある》きで横《よこ》に進《すす》むと、いきなり身《み》をひるがえした。

「ふははははは！　俺《おれ》は！　逃《に》げる！　そして！　優勝《ゆうしょう》だーっ！」

高《たか》らかにそう宣言《せんげん》しながら去《さ》っていく姿《すがた》に、つばめもはじかれたように動《うご》きだした。

「あっ、こら、いくらこれが夢《ゆめ》でも、そういう抜《ぬ》け駆《が》けをするのはズルだぞ！」

いいながら、隼人《はやと》もつばめのあとを追《お》う。

「じゃあ、ボクも失礼《しつれい》して」

「え、あ、ウ、ウチも！」

どこかのんびりとした口調《くちょう》の鷹《たか》が、エントランスのほうへむかう様子《ようす》につられたように、瑞穂《みずほ》も左右《さゆう》を見《み》まわしながら足早《あしばや》に部屋《へや》をぬけだしていく。

「えっ、うわ、の、望《のぞむ》！　こ、これどういう状況《じょうきょう》!?」

「たぶん……俺《おれ》たちも、逃《に》げないとダメなんだと思《おも》う」

「ええ!?　あ、で、でも、僕《ぼく》、この試験電車《しけんでんしゃ》もう少《すこ》し見《み》ていたい――……けど、わ、わかった！　いこう、望《のぞむ》！」

バタバタとその場《ば》を離《はな》れる翼《つばさ》と望《のぞむ》を見送《みおく》って、陽人《はると》はスクリーンを見《み》あげた。

残《のこ》り時間《じかん》は『04：00』。

エントランスホールからハンターが放出《ほうしゅつ》されるなら、直結《ちょっけつ》しているこのエリアからはできるだけ遠《とお》くに逃《に》げたほうがいいはずだ。

「玲《あきら》、小清水《こしみず》！　俺《おれ》たちもいこうぜ！」

陽人《はると》は玲《あきら》と凛《りん》に顔《かお》をむける。

「いこう！」

「オッケー！」

まずはここから一旦離《いったんはな》れる。

それから逃走《とうそう》を成功《せいこう》させるための作戦会議《さくせんかいぎ》だ。

陽人《はると》たちは、展示《てんじ》された3つの車両《しゃりょう》の前《まえ》をぬけ、1階《かい》のイベント広場《ひろば》にむかうことにしたのだった。

01 勝《しょう》利《り》条《じょう》件《けん》はかくれんぼ？

「す、すごいなここ……！」

シンボル展示《てんじ》の部屋《へや》をぬけて、イベント広場《ひろば》にはいった陽人《はると》は思《おも》わず足《あし》を止《と》めた。

あたりをぐるりと見《み》まわしてみる。

天井《てんじょう》が高《たか》く、体育館《たいいくかん》よりずっと広《ひろ》い室内《しつない》に、いろいろな車両《しゃりょう》が整然《せいぜん》とならべられている。

「そういえば**『仮想《かそう》・リニア・鉄道館《てつどうかん》』**っていってたもんね。こんな色《いろ》の車両《しゃりょう》、見《み》たことないや」

クリーム色《いろ》とチョコレート色《いろ》の配色《はいしょく》の電車《でんしゃ》を見《み》ながら、玲《あきら》も目《め》をまるくしている。

「これ全部《ぜんぶ》本物《ほんもの》かな？」

ずらりとならんだ車列《しゃれつ》は、これから**【逃走中《とうそうちゅう》】**がはじまることを一瞬《いっしゅん》忘《わす》れてしまうほどの迫力《はくりょく》があった。

「ねぇねぇ！　これって木《き》でできてるのかしら？　かわいい～！」

ふだんよく見《み》る形《かたち》の電車《でんしゃ》と似《に》ているけれど、よく見《み》るとぜんぜんちがう車両《しゃりょう》のあいだを歩《ある》いていると、少《すこ》し離《はな》れたところから凛《りん》の大《おお》きな声《こえ》が聞《き》こえてきた。凛《りん》が見《み》あげているのは、チョコレート色《いろ》の車体《しゃたい》に赤《あか》いラインがはいった『モハ1』という車両《しゃりょう》らしい。

電車《でんしゃ》を見《み》てかわいいと思《おも》う感想《かんそう》はうかばない陽人《はると》だが、これだけいろいろな車両《しゃりょう》がならんでいると、思《おも》わずテンションがあがる気《き》もちは少《すこ》しわかる。

だが、そんなことを思《おも》ってしまった陽人《はると》の腕《うで》を玲《あきら》がひいた。

「ふたりとも、見学《けんがく》はあとにしないと。いったんマップや持《も》ち物《もの》を確認《かくにん》しようよ。ハンターが放出《ほうしゅつ》されるまで、もうあと半分《はんぶん》くらいになってるし」

「やべ！　だよな！」

「うっかり忘《わす》れそうになってたわね！　さすが玲《あきら》！」

リストウォッチに表示《ひょうじ》された時間《じかん》は2分《ふん》をきっている。

陽人《はると》はあわててタブレットをとりだした。

まだミッションの通達時間《つうたつじかん》しか確認《かくにん》できていない。

画面《がめん》をひらいて、『参加者名簿《さんかしゃめいぼ》』をタップすれば、参加者《さんかしゃ》たちの顔写真《かおじゃしん》つきの名簿《めいぼ》が表示《ひょうじ》された。いつもどおり、通話《つうわ》ボタンもあるようだ。

つぎに『装備《そうび》リスト』をタップする。

①ウェストポーチ……クロノス社特製《しゃとくせい》ポーチ。防水性《ぼうすいせい》。
②タブレット……現在地《げんざいち》の確認《かくにん》が可能《かのう》。通話《つうわ》ボタンで会話《かいわ》も可能《かのう》。
③リストウォッチ……残《のこ》り時間《じかん》と現在《げんざい》の賞金《しょうきん》が確認《かくにん》できる。
④コイン……ミッションで使用《しよう》。
⑤クッキー……体力回復《たいりょくかいふく》に効果《こうか》あり。

いつもとかわったものといえば、クッキーのまんなかに蒸気機関車《じょうききかんしゃ》のイラストが描《か》かれていることと、金色《きんいろ》のコイン。

表面《ひょうめん》にクロノス社《しゃ》のマークがほられている以外《いがい》、おかしなところはなさそうだ。

「ミッションで使《つか》うなら、なくさないようにしないとだね」

いいながら、玲《あきら》は『マップ』ボタンをタップする。

画面《がめん》いっぱいに、仮想《かそう》・リニア・鉄道館《てつどうかん》の地図《ちず》が表示《ひょうじ》された。

自分《じぶん》がいる場所《ばしょ》には、赤《あか》いマークが点滅《てんめつ》している。

「今回《こんかい》の逃走《とうそう》エリアは——さっきの場所《ばしょ》とここと、２階《かい》と——」

「あ、エントランスの外《そと》もあるみたいね！」

玲《あきら》がひらいたマップをのぞきこんだ凛《りん》がいう。

陽人《はると》も自分《じぶん》のタブレットで確認《かくにん》してみる。

この建物《たてもの》と、その周囲《しゅうい》をぐるりとかこうような逃走《とうそう》エリアになっているようだ。

自首用電話《じしゅようでんわ》がある電話《でんわ》マークがある場所《ばしょ》は、屋外展示《おくがいてんじ》のはじにある「ケ90」という蒸気機関《じょうききかん》車《しゃ》と、300系新幹線《けいしんかんせん》の車内《しゃない》の2箇所《かしょ》。

「見《み》た感《かん》じ、今回《こんかい》のエリアはそんなに複雑《ふくざつ》じゃなさそうだよな」

逃走成功《とうそうせいこう》のカギのひとつは、地理《ちり》の把握《はあく》。

エリアマップを見《み》るかぎり、特《とく》にかわった部屋《へや》の形《かたち》もないようだし、通路《つうろ》もわかりやすい。

1階《かい》の広《ひろ》くて四角《しかく》い室内《しつない》に、「クハ381」などと記号《きごう》がふられた車両《しゃりょう》がたくさんならんでいるだけだ。

「うーん……なんていうか、今回《こんかい》のエリアってさ――」

真剣《しんけん》な表情《ひょうじょう》でマップを確認《かくにん》していた玲《あきら》が顔《かお》をあげた。

陽人《はると》には、なんとなくいいたいことがわかった。

うなずいて、周囲《しゅうい》を見回《みまわ》していう。

「ああ、ここ、見晴《みは》らしよすぎるよな……？」

「だよね」

それはつまり、見《み》つかったら最後《さいご》というやつだ。

ハンターはみんな足《あし》が速《はや》い。

長《なが》い手足《てあし》で、風《かぜ》のように追《お》いかけてくる。

隠《かく》れる場所《ばしょ》も、姿《すがた》を見失《みうしな》わせるようなまがりかども少《すく》ない場所《ばしょ》では、逃《に》げきることはほとんどできない。

「不利《ふり》すぎるだろ……」

陽人《はると》はごくりとのどを鳴《な》らした。

車両《しゃりょう》がならぶフロアの床《ゆか》がぬけるような恐怖《きょうふ》を感《かん》じる。

リストウォッチに目《め》をやれば、逃走開始《とうそうかいし》まで残《のこ》り時間《じかん》はあと1分《ぷん》。

いまにもうしろからハンターがはいってくるような気《き》がしてしまう。

「なあ、玲《あきら》。たとえば、電車《でんしゃ》のなかに隠《かく》れるっていうのは――」

陽人《はると》がそういいかけたとき。

「ねぇねぇ、ふたりとも！　これって、はいれる電車《でんしゃ》とはいれない電車《でんしゃ》があるみたい！」

凛《りん》が車両《しゃりょう》のなかから、ひょっこりと姿《すがた》をあらわした。

マップ確認《かくにん》に飽《あ》きたのか、いつのまにか車両《しゃりょう》にならんだ階段《かいだん》をのぼって、なかを確認《かくにん》していたようだ。

「マジかよ!?」

「全部通《ぜんぶとお》りぬけられるんじゃないんだ!?」

陽人《はると》と玲《あきら》も、あわてて近《ちか》くの車両《しゃりょう》に飛《と》びこんでみる。

緑色《みどりいろ》のイスがならんだ車内《しゃない》が目《め》にはいった。だが、入《い》り口《ぐち》をはいってすぐのところに透明《とうめい》のプラスチック板《ばん》で間仕切《まじき》りがされて、そこから先《さき》へは進《すす》めない。

「これ、あわててはいったら終《お》わるやつだな！」

「で、できるだけちゃんと確認《かくにん》しておこう！　凛《りん》ちゃんナイス着眼点《ちゃくがんてん》！」

「じゃあ私《わたし》、奥《おく》から見《み》てくるわねー！」

いうが早《はや》いか、凛《りん》は楽《たの》しそうに新幹線《しんかんせん》のほうへといってしまった。

行動力《こうどうりょく》の速《はや》さはさすがとしかいいようがない。

「俺《おれ》たちもいそがないとな……！」

「うん！」

陽人《はると》も負《ま》けてはいられない。

玲《あきら》と手分《てわ》けして、まずは1階《かい》の展示車両《てんじしゃりょう》をかたっぱしから見《み》ていくことにしたのだった。


そのころ、1階《かい》の一番奥《いちばんおく》——車両《しゃりょう》がならぶエリアを、調子《ちょうし》はずれの歌《うた》を機嫌《きげん》よく歌《うた》いながら歩《ある》いている男子《だんし》がいた。

前髪《まえがみ》を2つにわけてゴムでとめている特徴的《とくちょうてき》な髪型《かみがた》は、恵太《けいた》だ。

「まけないぞ〜、こ〜んどこそ、チャ〜ンスはオーレーのも〜のだ！　ぜぃっ！」

おかしなポーズで、車両《しゃりょう》にむけて人《ひと》さし指《ゆび》をつきつける。

「見《み》ててくれよ、俺《おれ》の未来《みらい》のオーディエンスたち〜！　ここから俺《おれ》の伝説《でんせつ》がはじまりますさかいな〜！」

おかしな関西弁《かんさいべん》で、どこにもいない未来《みらい》のファンにむけて格好《かっこう》をつけている恵太《けいた》の夢《ゆめ》は、日本《にっぽん》一《いち》のピン芸人《げいにん》になることだ。

ふたりいる弟《おとうと》たちも芸人《げいにん》になることが夢《ゆめ》だけど、コンビを組《く》みたい弟《おとうと》と、落語家《らくごか》になりたい弟《おとうと》なので、恵太《けいた》とは方向性《ほうこうせい》のちがいがある。

「ふっふっふ。いまに見《み》ていろ弟《おとうと》たちよ。ここで逃《に》げきって、俺《おれ》のすばらしさを教《おし》えてやりますさかいなぁ！」

大《おお》げさにのけぞって、それからリストウォッチに目《め》をやると、ハンター放出《ほうしゅつ》まであと10秒《びょう》をきったところだった。

「よしよし！　はじまるぜ、俺《おれ》の伝説《でんせつ》が！」

減《へ》っていく数字《すうじ》にあわせてリズムをとって、0と同時《どうじ》にまたポーズをきめる。

「逃走《とうそう》スタート！　くるぞくるぞ〜！」

リストウォッチに表示《ひょうじ》された時間《じかん》は60分《ぷん》にかわり、そこから1秒《びょう》、また1秒《びょう》と減《へ》りはじめた。

同時《どうじ》に賞金額《しょうきんがく》も100円《えん》、200円《えん》と増《ふ》えていく。

どんどんあがっていく金額《きんがく》にゆるみそうになったほおを、恵太《けいた》はパシンとおさえた。

「まてまて、俺《おれ》！　俺《おれ》はできる！　前《まえ》に捕《つか》まったのは、ついうっかり賞金《しょうきん》アップに目《め》がくらみすぎたのが敗因《はいいん》だったようなもんだからな！」

前回参加《ぜんかいさんか》した**【逃走中《とうそうちゅう》】**の敗因《はいいん》を分析《ぶんせき》して、恵太《けいた》は自分《じぶん》にいいきかせるよう目《め》をつぶる。

ただでさえ、1秒《びょう》100円《えん》ももらえるのだ。

せっかくめぐってきた2回目《かいめ》のチャンス。

よけいなことはしないで、ただ逃《に》げればいい。

「よくばりすぎは、よくありまへんで〜」

意《い》をけっして目《め》をあけて、恵太《けいた》は室内《しつない》を見《み》まわした。

まだハンターの姿《すがた》はここからは見《み》えない。

「電車《でんしゃ》はデカいんだからさー、もし見《み》つかりそうになったら隠《かく》れればいいんだよな！　かんたん、かんたん〜！」

緑色《みどりいろ》とオレンジ色《いろ》の車両《しゃりょう》の横《よこ》を歩《ある》きながら、恵太《けいた》は頭《あたま》のうしろに手《て》をやった。

「場所《ばしょ》の勝利《しょうり》は俺《おれ》の勝利《しょうり》！　よゆうのよっちゃん、恵太《けいた》ちゃんだぜー！　……おっ？　これ将来《しょうらい》ステージにでたときのキメ台詞《ぜりふ》に使《つか》えるな！　やっぱ俺《おれ》ってば天才《てんさい》ですやんー！」

ひとりでガッツポーズをきめようとしたとき、ふと車両《しゃりょう》の奥《おく》からハンターの黒《くろ》いスーツ姿《すがた》が見《み》えた気《き》がした。

「ひぇっ！」

あわてて車体《しゃたい》にはりつくようにして身《み》を隠《かく》す。

ついさっきまで歌《うた》いながら歩《ある》いていたのがウソのように、ドッと冷《ひ》や汗《あせ》が流《なが》れ落《お》ちてきた。

「お、落《お》ちつけ、落《お》ちつけー……隠《かく》れればいいんだ、隠《かく》れれば……」

残《のこ》り時間《じかん》はまだ57分《ふん》。

賞金額《しょうきんがく》は18，000円《えん》になったばかり。

さいわい、恵太《けいた》が見《み》つけたハンターは模型《もけい》のおかれている壁沿《かべぞ》いへとむかったようだ。

このまま足音《あしおと》を立《た》てずに車体《しゃたい》をまわってイベント広場《ひろば》をぬけるか、2階《かい》に逃《に》げればだいじょうぶなはず。

「あ、そうだ。地図《ちず》はいちおう確認《かくにん》しとかなきゃだよな——……」

カニのような横歩《よこある》きで車体《しゃたい》にそって歩《ある》きながら、恵太《けいた》はタブレットをとりだした。

電源《でんげん》をいれると画面《がめん》がパッと明《あか》るくなる。

「えーっと……、おっ、ラッキー！　すぐそこに階段《かいだん》あるやーん！」

マップを確認《かくにん》した恵太《けいた》は、となりのチョコレート色《いろ》の車両《しゃりょう》の横《よこ》をすぎようとして。

「——う、わっ」

その奥《おく》から歩《ある》いてきていたもう1体《たい》のハンターと、ばっちり顔《かお》をあわせてしまった。

視界《しかい》に恵太《けいた》をとらえると同時《どうじ》に、ダッとハンターがバネ仕掛《じか》けのように突進《とっしん》してくる。

「うわわわわっ！　なんでそんなとこにおるねーん！」

ハンターは俊足《しゅんそく》だ。

恵太《けいた》との距離《きょり》はあっというまにつめられて、いまさら2階《かい》にむかったところで恵太《けいた》に勝《か》ち目《め》はないだろう。

「いやいやいやいや、ちょ、ま、ハンターさん、ちょっとタンマー！」

さけびながら、恵太《けいた》はあわてて目《め》の前《まえ》の車両《しゃりょう》にとびこんだ。

ここをぬけて、反対側《はんたいがわ》にでてしまえば、ハンターの視界《しかい》から逃《のが》れられる可能性《かのうせい》がある。

そう思《おも》った恵太《けいた》は、車内《しゃない》にはいった瞬間後悔《しゅんかんこうかい》するはめになった。

車体《しゃたい》と同《おな》じチョコレート色《いろ》に塗《ぬ》られた車内《しゃない》に、緑色《みどりいろ》のシート、それに白《しろ》いつり革《かわ》がパッと目《め》にはいる。が、同《おな》じタイミングで、その左右《さゆう》どちらにも、立《た》ち入《い》り禁止《きんし》のしきり板《ばん》が立《た》てられていることに気《き》づいてしまったのだ。

これでは客席《きゃくせき》を通《とお》りぬけることもできない。

「ウソやん……」

ぼうぜんとつぶやく恵太《けいた》のうしろに、無情《むじょう》にもハンターはやってきた。

「こ、こんなの……」

逃《に》げ場《ば》のない車内《しゃない》で、無表情《むひょうじょう》のハンターがゆっくりと恵太《けいた》にせまる。

「ふ、ふ、袋《ふくろ》のネズミやんけぇぇぇ！」

ポン、とその手《て》が恵太《けいた》の肩《かた》にふれた瞬間《しゅんかん》、ピピーッ！　というけたたましい笛《ふえ》の音《ね》が響《ひび》きわたった。

「な、なに、なんですやん!?」

思《おも》わず耳《みみ》をふさいだ恵太《けいた》のまわりに、いつのまにか黒《くろ》い制服《せいふく》を着《き》た車掌《しゃしょう》がわらわらと湧《わ》きでていた。しかも車掌《しゃしょう》には目《め》も鼻《はな》も口《くち》もない。

「ちょ、ま、なんだこれ、まった……、こ、怖《こわ》い、これは怖《こわ》いって……」

へたりこんでしまった恵太《けいた》に、顔《かお》のない車掌《しゃしょう》がせまる。

その手《て》には、カチカチと改札《かいさつ》のスタンプを押《お》すチケッターがにぎられていた。

「え？　あ――、じょ、乗車券《じょうしゃけん》!?　いや、えっと、すすすんません、もってなくて俺《おれ》、えっ、ちょっ、まった、まって、ごごめんなさいぃぃぃっ！」

涙目《なみだめ》でさけんだ恵太《けいた》の悲鳴《ひめい》は、覆《おお》いかぶさるように倒《たお》れこんできたたくさんの車掌《しゃしょう》とともに消《き》えてしまった。

あとに残《のこ》ったハンターは、恵太《けいた》など最初《さいしょ》からいなかったかのように、まわれ右《みぎ》をして車両《しゃりょう》をでていった。

ピロリロリン♪

『佐々木恵太《ささきけいた》、クモハ12車内《しゃない》で確保《かくほ》。残《のこ》り9人《にん》』

通知《つうち》がとどいたタブレットを抱《だ》きしめながら、ずるずるとその場《ば》にしゃがみこんだのは、2階《かい》から恵太確保《けいたかくほ》の流《なが》れを目撃《もくげき》してしまったつばめだった。

ふるえる体《からだ》をタブレットごと両腕《りょううで》でだきしめて、青《あお》ざめた顔《かお》で首《くび》をふる。

「ウソでしょ……こんなの理不尽《りふじん》ですわっ！」

恵太《けいた》を見《み》つけたハンターの動《うご》きは速《はや》かった。

あんなの逃《に》げきれるわけがない。

いまはまだハンターは2体《たい》とも1階《かい》にいるけれど、いつここにあがってくるかわからないのだ。

ドッドッド、と心臓《しんぞう》がうるさいほど音《おと》をたてているのがわかる。

「ど、どうしたらいいのかしら……っ」

せめて隠《かく》れる場所《ばしょ》はないかと顔《かお》をあげたつばめの目《め》の前《まえ》を、ふわふわ頭《あたま》をした鷹《たか》が偶然通《ぐうぜんとお》りかかった。

腕《うで》を組《く》み、右《みぎ》に左《ひだり》に首《くび》をふりながら歩《ある》く独特《どくとく》の歩《ある》きかたをするたびに、髪《かみ》の毛《け》がふわふわと上《じょう》下《げ》にゆれている。

「ちょ、ちょっとそこのあなた！」

つばめはあわてて手《て》をのばした。

「さあ、この私《わたし》を助《たす》けてくれてもよくってよ！」

ふるえる声《こえ》で必死《ひっし》にさけぶ。

が、鷹《たか》はつばめをちらりとも見《み》ずに、そのままスタスタといってしまった。

まるでつばめの声《こえ》など聞《き》こえていなかったような自然《しぜん》な動《うご》きだった。

こんなにふるえている可憐《かれん》でか弱《よわ》い少女《しょうじょ》のつばめが手《て》をさしのべたというのに、そんなことがあるわけない。

「なっ……、む、無視《むし》は失礼《しつれい》だわ！　この私《わたし》がたのんであげているというのに――」

さっきまでの恐怖《きょうふ》より、無視《むし》された怒《いか》りが上《うわ》まわる。

追《お》いかけてひとこと文句《もんく》をいわないと、と思《おも》ったそのとき、うしろからだれかの足音《あしおと》が聞《き》こえた。

「ひっ！」

まさかハンターがきたのだろうか。

恐怖《きょうふ》に身体《からだ》をすくませながら、つばめは両手《りょうて》で口《くち》をおさえる。

そのまま息《いき》を殺《ころ》して這《は》いつくばるように、柱《はしら》で区切《くぎ》られた部屋《へや》へといそいだのだった。


ゲーム残《のこ》り時間《じかん》56分《ぷん》。

賞金額《しょうきんがく》は、現在《げんざい》￥２４，０００。

逃走者《とうそうしゃ》　残《のこ》り９人《にん》。

逃走中《とうそうちゅう》参加者名簿《さんかしゃめいぼ》
和泉陽人《いずみはると》
白井《しらい》 玲《あきら》
小清水《こしみず》 凜《りん》
確保《かくほ》
佐々木《ささき》 恵太《けいた》
宍戸《ししど》 翼《つばさ》
児玉《こだま》 望《のぞむ》
岡部隼人《おかべはやと》
浅間《あさま》つばめ
土岐瑞穂《ときみずほ》
谷川《たにがわ》 鷹《たか》
ゲーム
残《のこ》り時間《じかん》
56:00
賞金額《しょうきんがく》
¥
24,000

02 クイズのこたえをさがしだせ!

「もう捕《つか》まったのか!?」

恵太《けいた》確保《かくほ》の通知《つうち》を見《み》て、陽人《はると》は思《おも》わず素《す》っ頓狂《とんきょう》な声《こえ》をあげてしまった。

まだ開始《かいし》から5分《ふん》もたっていない。

ミッションもひとつもはじまっていないのに。

しかも確保場所《かくほばしょ》は、少《すこ》し前《まえ》に陽人《はると》たちが出入《でい》り口《ぐち》を確認《かくにん》した車両《しゃりょう》だった。

(あの電車《でんしゃ》、たしかはいったら行《い》き止《ど》まりだったよな……)

おそらくなんの確認《かくにん》もせずに、ハンターに追《お》われてとびこんでしまったのだろう。

自分《じぶん》から逃《に》げ道《みち》をふさいだようなものだ。

だが、ハンターに追《お》いかけられたら逃《に》げ場《ば》をさがして、陽人《はると》だってやってしまう可能性《かのうせい》はある。

「今回《こんかい》のエリアだと、一度《いちど》見《み》つかったら相当運《そうとううん》がよくないと逃《に》げきれないと思《おも》うよ」

「そうよね。へたしたら、電車《でんしゃ》のなかではさみうちとかもありそうだし」

凛《りん》と玲《あきら》も、恵太《けいた》が確保《かくほ》された方向《ほうこう》へ視線《しせん》をやってうなずきあう。

「やっぱり電車《でんしゃ》のなかには、あんまり逃《に》げこまないほうがよさそうだな」

見《み》つからないように隠《かく》れながら逃《に》げる必要《ひつよう》はあるが、隠《かく》れ場所《ばしょ》によっては身動《みうご》きがとれなくなってしまう。ほとんど運《うん》が勝敗《しょうはい》をわけるエリアかもしれない。


ブー！　ブー！　ブー！


そんなことを考《かんが》えながらあたりの様子《ようす》をうかがっていると、タブレットが鳴《な》った。

逃走終了《とうそうしゅうりょう》まで、残《のこ》り時間《じかん》は55分《ふん》。

ミッション1の通達《つうたつ》の時間《じかん》だ。

ミッション1

・残《のこ》り時間《じかん》が40分《ぷん》になったら、あらたにハンターが2体放出《たいほうしゅつ》される。
・阻止《そし》するには、2問《もん》のクイズすべてに正解《せいかい》しなければならない。
解答権《かいとうけん》はひとり1回《かい》のみ。
・以下《いか》のクイズをよみ、解答車両《かいとうしゃりょう》を撮影《さつえい》して送信《そうしん》せよ。

・なお、解答《かいとう》をまちがえると、その時点《じてん》でハンター1体《たい》ずつ放出《ほうしゅつ》される。

ミッションが書《か》かれた画面《がめん》をスクロールさせると、クイズが2問書《もんか》かれていた。

クイズ

①逃走《とうそう》エリアのなかで、もっとも古《ふる》い車両《しゃりょう》は?
②逃走《とうそう》エリアのなかにある寝台車《しんだいしゃ》をふたつすべて答《こた》えよ。

その下《した》にはカメラマークと「送信《そうしん》」というボタンがある。

正解《せいかい》の車両《しゃりょう》を見《み》つけだし、これで撮影《さつえい》して送《おく》ればいいようだ。

「ハンターが増《ふ》えるのを阻止《そし》するミッションは、やらなきゃだよな!」

「うん。それに解答権《かいとうけん》がひとり1回《かい》なのにクイズが2問《もん》ある——、ってことは、できるだけたくさんのひとに参加《さんか》してほしいミッションだよね……」

玲《あきら》の言葉《ことば》に、陽人《はると》と凛《りん》は思《おも》わず顔《かお》を見《み》あわせた。

たしかに。これは、ぜったいにひとりではクリアできないミッションだ。

しかもクリアできなければ、もれなくハンターが追加《ついか》されてしまう。

「寝台車《しんだいしゃ》かどうかは、とりあえず車両《しゃりょう》のなかを確認《かくにん》すればわかるよな。寝台車《しんだいしゃ》がふたつあるってことだから、俺《おれ》と玲《あきら》でひとつずつ撮《と》って送《おく》ればいいんだもんな」

「うん。とくに同時《どうじ》に送信《そうしん》っていう条件《じょうけん》は書《か》かれていないから、それでだいじょうぶだと思《おも》う。でもこのクイズ①のほう、一番古《いちばんふる》い車両《しゃりょう》なんて、どうやって調《しら》べればいいんだろう……？」

見《み》た目《め》の古《ふる》さでいうなら蒸気機関車《じょうききかんしゃ》だが、それが一番古《いちばんふる》いかどうかはわからない。

「こんなのわかりっこないだろ」

手当《てあ》たりしだいに撮影《さつえい》できれば、いつかは正解《せいかい》にたどりつく。だけど解答権《かいとうけん》はひとり1回《かい》で、まちがえてもハンターは1体《たい》ずつ増《ふ》えるのだ。

ひとつめから、なかなかきびしすぎるミッションだ。

「あ！　陽人《はると》、凛《りん》ちゃん！　ここに電車《でんしゃ》の説明《せつめい》が書《か》いてある！」

そう思《おも》っていると、玲《あきら》が車両《しゃりょう》の横《よこ》にパネルがあることに気《き》がついた。

どういう用途《ようと》でつくられた車両《しゃりょう》なのかという説明《せつめい》や、車号《しゃごう》や定員《ていいん》、それに製造年月日《せいぞうねんがっぴ》が書《か》かれている。

「これを調《しら》べていけばわかるようになってるんだよ！」

「なるほどな！　いや、でもこのなかにある車両全部《しゃりょうぜんぶ》調《しら》べるのはけっこう時間《じかん》かかりそうだな……」

ミッション1の残《のこ》り時間《じかん》はあと13分《ふん》になっている。

賞金額《しょうきんがく》は42,000円《えん》だ。

1階《かい》には見《み》わたす限《かぎ》りの車両《しゃりょう》があって、まだ2階《かい》もたしかめていない。

屋外《おくがい》にも車両《しゃりょう》はあるのだ。

ハンターから身《み》を隠《かく》しつつさがすには、時間《じかん》がまったくたりない気《き》がする。

「じゃあ手《て》わけしてさがしたほうがいいわよね！　私《わたし》、あっちの新幹線《しんかんせん》のほうから見《み》てくるからー！」

そういうやいなや、凛《りん》はダッと飛《と》びだしていってしまった。

思《おも》いきった判断《はんだん》が早《はや》いのは凛《りん》のいいところだが、もう少《すこ》し慎重《しんちょう》に動《うご》いてほしいと心配《しんぱい》になるくらいのすばやさだった。

玲《あきら》はそんな凛《りん》の姿《すがた》に苦笑《くしょう》しながら、陽人《はると》のほうをふりかえる。

「あんまり時間《じかん》はないから、僕《ぼく》たちも手《て》わけしてさがしたほうがいいね」

「だな」

凛《りん》は正面《しょうめん》むかって右側《みぎがわ》にいった。

それなら陽人《はると》と玲《あきら》は、左側《ひだりがわ》と真《ま》ん中《なか》からさがしていけば効率《こうりつ》はよさそうだ。

阿吽《あうん》の呼吸《こきゅう》でうなずきあって、ふたりは二手《ふたて》にわかれて動《うご》きだした。

ミッション1の通達《つうたつ》がされてすぐ。

陽人《はると》たちと同《おな》じ1階《かい》にいた翼《つばさ》と望《のぞむ》は、「鉄道《てつどう》のしくみ」が展示《てんじ》されたエリアで、タブレットを食《く》いいるように見《み》つめていた。

「ねえ、望《のぞむ》。このクイズ①ってさ、日本《にほん》で一番古《いちばんふる》い鉄道開業《てつどうかいぎょう》は1872年《ねん》の新橋《しんばし》—横浜《よこはま》だから、明治《めいじ》5年《ねん》だけどさ……」

「……最初《さいしょ》の展示室《てんじしつ》にあった蒸気機関車《じょうききかんしゃ》はC《シー》62で、昭和年代《しょうわねんだい》のものだったよな」

「だよね。たぶんこれって、一般的《いっぱんてき》に古《ふる》そうに見《み》える蒸気機関車系《じょうききかんしゃけい》を入力《にゅうりょく》させるっていうひっかけ問題《もんだい》なんじゃないかな。僕《ぼく》が思《おも》うに、展示《てんじ》されている車両《しゃりょう》のなかだと蒸気動車《じょうきどうしゃ》にも年代《ねんだい》が古《ふる》いのはありそうだなって！」

どんどんと早口《はやくち》になっていく翼《つばさ》が、興奮《こうふん》したようににぎった拳《こぶし》を上下《じょうげ》に動《うご》かす。

望《のぞむ》は考《かんが》えるようにうなずいて、しずかに口《くち》をひらいた。

「ああ。きっと明治《めいじ》・大正《たいしょう》あたりの車両《しゃりょう》があるんじゃないか——」

「寝台車《しんだいしゃ》の見《み》わけかたならかんたんだよね！　クイズ②のほう！　これはさ、だって車号《しゃごう》の『ネ』をさがせばいいんだから！」

望《のぞむ》がいいおわらないうちに、翼《つばさ》がキラキラとした瞳《ひとみ》でマップを見《み》る。

「ええと、なになに……『マイネ40』でしょー、『オロネ10』でしょー」

「解答権《かいとうけん》はひとり1回《かい》だけだったよな？　……俺《おれ》たちだけでたりるかな」

「これだけかも！　やったね！　発見《はっけん》！」

会話《かいわ》になっているようでなっていない。

ほかのひとが見《み》たら、話《はなし》の途中《とちゅう》で失礼《しつれい》なやつだと思《おも》うかもしれない翼《つばさ》の態度《たいど》だが、望《のぞむ》はぜんぜん気《き》にならなかった。

むしろ翼《つばさ》と一緒《いっしょ》にいると楽《たの》しくておもしろいし、こういう話《はなし》ができるのがうれしい。

「じゃあさ、まずは『ネ』の車両《しゃりょう》にむかいながら、ついでに年代《ねんだい》も見《み》ていこうぜ」

「うん！　あ〜でもここは新幹線《しんかんせん》あるから本当《ほんとう》はもっとじっくり見《み》たいけど〜〜」

ぎゅっとまゆをよせる翼《つばさ》の夢《ゆめ》は新幹線《しんかんせん》の運転士《うんてんし》になることで、望《のぞむ》の夢《ゆめ》は新幹線《しんかんせん》の整備士《せいびし》になること。一見《いっけん》するとぜんぜんちがうタイプに見《み》える翼《つばさ》と望《のぞむ》は、鉄道《てつどう》が大好《だいす》きという共通《きょうつう》の趣味《しゅみ》がある。

「ん〜〜、でも、いまはクイズにこたえるのが先決《せんけつ》だから〜〜〜！」

ハンターが増《ふ》えるのはこまるということは、翼《つばさ》もじゅうぶんわかっている。

だけど大好《だいす》きな新幹線《しんかんせん》をじっくり見《み》たいと、表情豊《ひょうじょうゆた》かに葛藤《かっとう》している翼《つばさ》は素直《すなお》だ。

クラスメイトから「鉄道《てつどう》オタク」などとからかわれても、自分《じぶん》の好《す》きをつらぬけるその強《つよ》さを、望《のぞむ》はずっと尊敬《そんけい》している。

小《ちい》さいころから鉄道《てつどう》が大好《だいす》きだったのに、からかわれたくなくて興味《きょうみ》のないふりをしてしまう望《のぞむ》にはまぶしいくらいだった。

背《せ》が高《たか》く口数《くちかず》の少《すく》ない望《のぞむ》は、クラスのみんなに寡黙《かもく》でクールだと思《おも》われがちだ。が、じつは単《たん》に人見知《ひとみし》りなだけだし、鉄道以外《てつどういがい》の話《はなし》をうまくできないからだまっているだけなのだ。

そんな望《のぞむ》が翼《つばさ》となかよくなったきっかけは、望《のぞむ》がペンケースにつけていた車両《しゃりょう》のピンバッジだった。新幹線《しんかんせん》のお医者《いしゃ》さん、と呼《よ》ばれる黄色《きいろ》い車体《しゃたい》を見《み》つけた翼《つばさ》が、「あっ！　ドクターイエローだ！」と車両《しゃりょう》の愛称《あいしょう》を大《おお》きな声《こえ》でいいながら、目《め》をかがやかせて望《のぞむ》の席《せき》にやってきたのだ。

「児玉《こだま》くんってもしかして鉄道好《てつどうず》きなの!?」

期待《きたい》に満《み》ちた目《め》で問《と》いかけられて、望《のぞむ》がいつものようにごまかすよりも早《はや》く、「僕《ぼく》も好《す》きなんだ〜！　なんだなんだ、そーなんだ〜！　うれしいな〜！　あ、そうだ！　ねぇねぇ、こんどの日曜日《にちようび》にね、一緒《いっしょ》に電車《でんしゃ》を見《み》にいこうよ！」と早口《はやくち》で約束《やくそく》をとりつけられたのだ。

それから望《のぞむ》は、休日《きゅうじつ》になると翼《つばさ》とふたりで鉄道《てつどう》を見《み》にいけるのが楽《たの》しみになった。

「とりあえず、ここは断腸《だんちょう》の思《おも》いで一度《いちど》バイバイするよ、カモノハシ〜〜！」

すぐ横《よこ》の７００系新幹線《けいしんかんせん》を、鉄道《てつどう》ファンのあいだで呼《よ》ばれている愛称《あいしょう》で呼《よ》びながら、翼《つばさ》が顔《かお》をあげる。

「一緒《いっしょ》にがんばろうね、のぞ――ひぇっ！」

それからすぐに悲鳴《ひめい》にかわる。

ハンターがこちらにむかってやってくるのが見《み》えたのだ。

まだ距離《きょり》はあるが、望《のぞむ》にもはっきりとその姿《すがた》が見《み》えた。ターゲットは自分《じぶん》たちだ。理解《りかい》した望《のぞむ》は、すぐに翼《つばさ》に声《こえ》をかける。

「逃《に》げるぞ、翼《つばさ》！」

「ひ、ひぇぇぇ〜！」

「――あ、まてって！」

パニックになった翼《つばさ》は、手《て》をだしていた望《のぞむ》をふりきり、そのまま先《さき》にいってしまった。

あわてて追《お》いかけた望《のぞむ》が車体《しゃたい》をまわったときには、翼《つばさ》の姿《すがた》はどこにもなかった。

「ど、どこにいったんだ……!?」

だけど止《と》まっていたら捕《つか》まってしまう。

近《ちか》づいてくるハンターの足音《あしおと》を感《かん》じながら、望《のぞむ》はあわてて逃《に》げだした。


そのころ瑞穂《みずほ》は、ハンターの視界《しかい》をうまくかいくぐりながらスタート地点《ちてん》をめざしていた。

「古《ふる》い車両《しゃりょう》って、きっとあのＳＬ《エスエル》だよね」

煙突《えんとつ》からもくもくと煙《けむり》をはきながら走《はし》る黒《くろ》い車両《しゃりょう》だ。

乗《の》ったことはないけれど、瑞穂《みずほ》のおじいちゃんが見《み》せてくれた昔《むかし》の雑誌《ざっし》にのっていたから知《し》っている。

「いまならハンターもいないみたいだし、いける気《き》がする……」

慎重《しんちょう》に足《あし》を進《すす》める瑞穂《みずほ》は、旅行《りょこう》にいくお金《かね》がほしくてこの【逃走中《とうそうちゅう》】に応募《おうぼ》していた。

瑞穂《みずほ》の将来《しょうらい》の夢《ゆめ》は、小《ちい》さいころに死《し》んでしまった両親《りょうしん》が旅《たび》した場所《ばしょ》に、おじいちゃんやおばあちゃんと一緒《いっしょ》にいくことだ。

両親《りょうしん》が残《のこ》してくれた旅行先《りょこうさき》のアルバムと同《おな》じ場所《ばしょ》で、こんどは瑞穂《みずほ》がおじいちゃんたちと3人《にん》で同《おな》じ写真《しゃしん》を撮《と》ってみたい。

「ハンターが増《ふ》えたらこまるもんね。よしっ、いこうっと！」

見《み》つかりませんようにと祈《いの》りながら、1階《かい》のはしにある茶色《ちゃいろ》いドーム形《がた》の屋根《やね》をした車体《しゃたい》の横《よこ》をすぎる。ふと、おかれた説明書《せつめいが》きをなんとなく見《み》つめて、

「えっ？　これが大正《たいしょう》2年《ねん》なの!?」

そこに書《か》かれていた製造年月日《せいぞうねんがっぴ》に、瑞穂《みずほ》はおどろいて足《あし》を止《と》めてしまった。

いまが令和《れいわ》で、そのまえが平成《へいせい》。

昭和《しょうわ》はおじいちゃんが生《う》まれた年《とし》だということは知《し》っているけれど、大正《たいしょう》はもっとずっと昔《むかし》の年号《ねんごう》だったはず。

「SL《エスエル》って古《ふる》いから昭和《しょうわ》なんだと思《おも》ってたけど、ちがうのかな……？　もっと昔《むかし》？」

不安《ふあん》になりながら顔《かお》をあげれば、つぎにあった車両《しゃりょう》は蒸気機関車《じょうききかんしゃ》だった。

「ええ!?　こっちにもSL《エスエル》があるの!?　しかもこっちは昭和《しょうわ》!?」

もうなにがなんだかわからなくなってきた。

「昭和《しょうわ》って……じいちゃんたちの時代《じだい》だよね……？　あれ？　でも電車《でんしゃ》ってもっと昔《むかし》の白黒《しろくろ》の映《えい》画《が》とかでも見《み》たことあったような……？」

懐《なつ》かしのアニメ特集《とくしゅう》や、昔《むかし》はやった映画《えいが》特集《とくしゅう》などの番組《ばんぐみ》を思《おも》いだして、瑞穂《みずほ》はうーんうーんと頭《あたま》をひねる。

「わっかんないー！　助《たす》けて、じいちゃーん、ばあちゃーん！」

ここにはいないおじいちゃんとおばあちゃんを呼《よ》びながら、瑞穂《みずほ》は頭《あたま》をかかえた。

と、そのとき、近《ちか》くでなにかが動《うご》く気配《けはい》がした。

「ハ、ハンター!?」

車列《しゃれつ》のあいだからそっと様子《ようす》をうかがってみるが、まだハンターの姿《すがた》は見《み》えない。

けれど、見《み》つかったらおしまいだ。

瑞穂《みずほ》はあわてて車両《しゃりょう》と反対側《はんたいがわ》の部屋《へや》に飛《と》びこんだ。

ゲーム残《のこ》り時間《じかん》50分《ぷん》。

賞金額《しょうきんがく》は、現在《げんざい》￥６０，０００。

逃走者《とうそうしゃ》　残《のこ》り９人《にん》。

逃《とう》走《そう》中《ちゅう》参《さん》加《か》者《しゃ》名《めい》簿《ぼ》
和泉《いずみ》陽人《はると》
白井《しらい》 玲《あきら》
小清水《こしみず》 凛《りん》
確保《かくほ》
佐々木《ささき》 恵太《けいた》
宍戸《ししど》 翼《つばさ》
児玉《こだま》 望《のぞむ》
岡部《おかべ》隼人《はやと》
浅間《あさま》つばめ
土岐《とき》瑞穂《みずほ》
谷川《たにがわ》 鷹《たか》
ゲーム
残《のこ》り時間《じかん》
50:00
賞金額《しょうきんがく》
¥
60,000

03

最《さい》大《だい》の敵《てき》は思《おも》いこみ？

そのころつばめは、軽《かる》い足取《あしど》りで1階《かい》につながる階段《かいだん》をおりていった。

「ふふん。こんなクイズ、私《わたし》ならかんたんにといてあげられるわ」

長《なが》い髪《かみ》を片手《かたて》でさっとうしろに流《なが》して鼻《はな》で笑《わら》う。

さっきはつい、ハンターがきたのかもしれないととりみだしてしまった。

よく考《かんが》えればハンターはエリア内《ない》にたったの2体《たい》。

「この私《わたし》としたことが、少《すこ》しあわててしまいましたわ。それにしても……」

呼《よ》びかけたのに無視《むし》されたことを思《おも》いだして、つばめはととのった顔《かお》をムッとしかめた。

「この私《わたし》を無視《むし》するなんて、こんど会《あ》ったらただじゃおかないですわ！」

つばめの家《いえ》は資産家《しさんか》で、いままでなに不自由《ふじゆう》なくすごしてきた。

両親《りょうしん》はいつだってつばめを最優先《さいゆうせん》にしてくれるし、親戚《しんせき》も友《とも》だちも、みんなみんなつばめをかわいいと褒《ほ》めてくれて、大事《だいじ》にしてくれる。

だからつばめは、自分《じぶん》がこの世《よ》で一番特別《いちばんとくべつ》な人間《にんげん》なんだと思《おも》って生《い》きてきた。

特別《とくべつ》な人間《にんげん》は、特別《とくべつ》な体験《たいけん》をするべきだわ――そう思《おも》って、このゲームに参加《さんか》しようと思《おも》ったのだ。

「それにしても、まだだれもクイズを正解《せいかい》できていないようですわね」

ミッション1の残《のこ》り時間《じかん》まであと10分《ぷん》をきったところだった。つばめはあきれたように息《いき》をつくと、両手《りょうて》を腰《こし》にあてて首《くび》をふる。

「こんなの正解《せいかい》はきまっていますわ。一番古《いちばんふる》いのは蒸気機関車《じょうききかんしゃ》ですわ！」

2階《かい》からさっと見《み》おろしたかぎり、1階《かい》に展示《てんじ》されている車両《しゃりょう》は、つばめがいつも見《み》ている電車《でんしゃ》の形《かたち》に近《ちか》いし、新幹線《しんかんせん》は論外《ろんがい》だ。ひとつだけ似《に》たような蒸気機関車《じょうききかんしゃ》もあったけれど、スタート地点《ちてん》に展示《てんじ》されていたほうが大《おお》きかった。

「同《おな》じ蒸気機関車《じょうききかんしゃ》ならとうぜんあっちですわよね。私《わたし》のカンもそういっているのですもの！」

自信満々《じしんまんまん》でいいきりながら、つばめは階段《かいだん》をおりると左右《さゆう》を確認《かくにん》した。

思《おも》ったとおり、ハンターはいない。

つばめは自分《じぶん》の優秀《ゆうしゅう》さにスキップしそうになりながら、シンボル展示《てんじ》の部屋《へや》へむかった。

室内《しつない》にはつばめのほかにだれもいない。

「……まったく、私《わたし》がいないとみんなダメそうですわね」

こまったわ、といって小《ちい》さくほほえみながら、つばめは3つならんだ車両《しゃりょう》の一番奥《いちばんおく》にある黒《くろ》い車体《しゃたい》にタブレットをむけた。

クイズ①の下《した》にあるカメラボタンを押《お》して、「つばめ」と書《か》かれたヘッドマークごと撮影《さつえい》する。

「あら、この子《こ》ったら私《わたし》と同《おな》じ名前《なまえ》ですのね！」

つばめという名前《なまえ》の蒸気機関車《じょうききかんしゃ》をつばめが撮影《さつえい》して送《おく》る。

これがクイズの正解《せいかい》なのだから、これはもう運命《うんめい》だ。

「ふふん、さすが私《わたし》ですわ！」

つばめは迷《まよ》うことなく送信《そうしん》ボタンを押《お》す。

その瞬間《しゅんかん》、ブブブブ！　と低《ひく》い音《おと》が鳴《な》って、画面《がめん》いっぱいに大《おお》きな赤《あか》いバツ印《じるし》があらわれた。

「は!?　な、なんですの!?」

同時《どうじ》にタブレットにも**『浅間《あさま》つばめがクイズ①の解答《かいとう》を失敗《しっぱい》。ハンターが1体追加《たいついか》となった』**という通知《つうち》がとどいた。

「ウ、ウソよ！　わ、私《わたし》はまちがってなんかいないはずですわ！　だって、この子《こ》って、蒸気機《じょうきき》関車《かんしゃ》でしょう!?　蒸気《じょうき》……って知《し》っていますわよ！　石炭《せきたん》で動《うご》くのですわ！　いまは電気《でんき》で走《はし》っているのですもの！　これが一番古《いちばんふる》いはずですわ!?」

タブレットにむかってさけんでも、返事《へんじ》はない。

「ちょっと！　なんとかいいなさいよ！」

自分《じぶん》がまちがうなんてあるわけがない。

怒《おこ》りながら何度《なんど》もクイズの解答欄《かいとうらん》をタップしてみるが、1度《ど》だけの解答権《かいとうけん》を使《つか》ってしまったつばめのタブレットは、なにも反応《はんのう》しなかった。

「ウ、ウソっていいなさいよ……」

心臓《しんぞう》がドキドキとうるさくなって、変《へん》な汗《あせ》が背中《せなか》をつたう。

そのとき、カツン、と音《おと》が響《ひび》いた。

ハッとして顔《かお》をあげると、ハンターの黒《くろ》いサングラスが照明《しょうめい》に反射《はんしゃ》してキラリと光《ひか》ったのがわかった。つばめから一番遠《いちばんとお》い超電導《ちょうでんどう》リニアの横《よこ》を歩《ある》くハンターが、蒸気機関車《じょうききかんしゃ》の前《まえ》にいるつばめに気《き》づいた。同時《どうじ》に、ダッとこちらにむかってくる。

「い、いやぁぁぁっ！」

その動《うご》きにはじかれたように、つばめもころびそうになりながら必死《ひっし》で逃《に》げだした。


つばめがハンターに見《み》つかる少《すこ》し前《まえ》。

エントランスホールにいた隼人《はやと》は、パーカーを頭《あたま》までかぶりながら考《かんが》えこんでいた。

とどいたミッションはクイズ問題《もんだい》。

しかもひとりではぜったいに解決《かいけつ》できない協力《きょうりょく》が必要《ひつよう》なミッションだ。

そしてこたえはいまのところ、隼人《はやと》にはまるでわからない。

「これはつまり、よく考《かんが》えたら――……そうか！」

カッと目《め》を見《み》ひらいて、隼人《はやと》はニカッと明《あか》るく笑《わら》う。

「かなり胸《むね》アツ展開《てんかい》のチーム競技《きょうぎ》なんじゃないか!?」

隼人《はやと》はクラス行事《ぎょうじ》や団体競技《だんたいきょうぎ》が大好《だいす》きだ。

みんなで優勝《ゆうしょう》というひとつの目標《もくひょう》にむかう展開《てんかい》に、心《こころ》が躍《おど》るし、胸《むね》が熱《あつ》くなる。

この【逃走中《とうそうちゅう》】の応募《おうぼ》ハガキを見《み》たときも、逃《に》げきるためにみんなで協力《きょうりょく》して助《たす》けあう、激熱《げきあつ》なゲームになるような予感《よかん》がしたからだしたのだ。

「やっぱり俺《おれ》の予想通《よそうどお》りだな！　ハンター増《ふ》えるのはマズイもんな！　じゃあまずはっと……そうそう。こういうときに必要《ひつよう》なのは、チームワークってやつだよな！」

隼人《はやと》はウキウキとしながらタブレットを操作《そうさ》して、『参加者名簿《さんかしゃめいぼ》』を確認《かくにん》した。

顔写真《かおじゃしん》つきの名前《なまえ》の下《した》にある通話《つうわ》ボタンを押《お》せば、相手《あいて》につながるようだ。

「よーっし。だ・れ・に・し・よ・う・か・な・っと！」

目《め》をつぶり、ランダムに顔写真《かおじゃしん》を指《ゆび》さしながら最後《さいご》に止《と》まったのは玲《あきら》。

『もしもし？』

通話《つうわ》ボタンを押《お》してみると、すぐに声《こえ》が聞《き》こえてきた。

「よ！　急《きゅう》にごめんな。いまきてるミッションのことなんだけど、これって俺《おれ》たち全員《ぜんいん》で協力《きょうりょく》したほうがいいんじゃないかって思《おも》ってさ！」

『あ、うん。僕《ぼく》たちもそう思《おも》ってたんだ。ひとまず製造年《せいぞうねん》から手《て》わけして調《しら》べているところだったんだけど――』

隼人《はやと》の提案《ていあん》に、通話《つうわ》のむこうで玲《あきら》の声《こえ》が明《あか》るくはねる。

どうやら隼人《はやと》と同《おな》じことを考《かんが》えて、むこうはむこうで仲間《なかま》をつくっていたようだ。

(いいぞいいぞ！　チーム同士《どうし》の共闘《きょうとう》みたいでいい感《かん》じだ！)

理想的《りそうてき》な展開《てんかい》だと胸《むね》をはずませる隼人《はやと》に、玲《あきら》は現状《げんじょう》の様子《ようす》を話《はな》してくれた。

寝台車《しんだいしゃ》はひとつひとつ確認《かくにん》していこうと思《おも》っていること、そのまえに、いまは製造年《せいぞうねん》は各車両《かくしゃりょう》の説明書《せつめいが》きを調《しら》べているということ。

聞《き》きおえて、隼人《はやと》は礼《れい》をいって通話《つうわ》をきった。

「なるほどな！　むこうは1階《かい》の展示車両《てんじしゃりょう》を調《しら》べてるのか。じゃあ、俺《おれ》は外《そと》か2階《かい》を調《しら》べたほうがいいよな。ほかのメンバーはどうなってんだろ――」

またべつの参加者《さんかしゃ》に連絡《れんらく》をしようとタブレットに目《め》をやったとき、とつぜんタブレットが鳴《な》った。おどろいて画面《がめん》を見《み》れば、つばめがクイズに失敗《しっぱい》したという通知《つうち》がとどいている。

「え!?　マジか！　ハンター1体追加《たいついか》!?」

ミッション1の残《のこ》り時間《じかん》まであと8分《ぷん》。

賞金額《しょうきんがく》は72，000円《えん》になっていた。

だが、ハンターが増《ふ》えてしまったら、逃《に》げきるハードルは高《たか》くなるのだ。

「これはマズい展開《てんかい》か……？　いや、でもまだ残《のこ》り時間《じかん》はあるわけだから、どっかで挽回《ばんかい》できるかもしれないし――」

そんなことを考《かんが》えていた隼人《はやと》の耳《みみ》に、ドタバタと大《おお》きな足音《あしおと》が聞《き》こえた。

「へ？」

どんどん近《ちか》づいてくるその音《おと》に顔《かお》をあげ、

「そそそこの男子《だんし》！　おどきなさい！　もうっ！　邪魔《じゃま》ですわ！　バカァァッ！」

「おわっ、なんだ!?」

鬼《おに》のような形相《ぎょうそう》でさけんでいるのはつばめだった。

まっすぐ隼人《はやと》にむかって進《すす》むつばめのうしろには、ハンターが見《み》える。

「邪魔《じゃま》ですわっ！」

ものすごいいきおいでつきとばされて、隼人《はやと》は思《おも》わずころびそうになってしまった。

どうにかふみとどまったけれど、なにがなにやら状況《じょうきょう》がつかめない。

文句《もんく》をいおうと隼人《はやと》が顔《かお》をあげたそのときには、すでにつばめの背中《せなか》は遠《とお》ざかってしまっていた。

「な、なんだ、あいつ……ってて……」

押《お》されたた腕《うで》をさすりながら顔《かお》をあげた隼人《はやと》の目《め》に、ハンターが映《うつ》る。

「――ハ、ハンター!?」

エントランスの入場《にゅうじょう》ゲートを逆走《ぎゃくそう》したハンターも、隼人《はやと》に気《き》づいた。

「や、や、やばい！　逃《に》げないと！」

あわてて外《そと》に逃《に》げようとして、隼人《はやと》の足《あし》が床《ゆか》につっかかってしまった。

とつぜんの方向転換《ほうこうてんかん》に、足《あし》がついてこなかったようだ。

「うわっ、とととっ！」

とっさに手足《てあし》をバタバタさせてバランスをとろうとした隼人《はやと》だったが、ハンターがまってくれるはずもなく。

のばされた長《なが》い腕《うで》が、無情《むじょう》にも隼人《はやと》の肩《かた》にしっかりとかかる。

ピロリロリン♪

『岡部《おかべ》隼人《はやと》、エントランス付近《ふきん》にて確保《かくほ》。残《のこ》り8人《にん》』

隼人《はやと》を突《つ》きとばして逃《に》げていたつばめは、ミュージアムショップの棚《たな》の陰《かげ》に身《み》を隠《かく》していた。

ハッハッと浅《あさ》い呼吸《こきゅう》で胸《むね》が痛《いた》い。

（こないで、こないでよ、おねがいですわ……）

祈《いの》るような気《き》もちでそれだけをねがう。

と、そのとき、タブレットが鳴《な》って、つばめはビクンッと肩《かた》をゆらした。

「び、びっくりするじゃない！」

小声《こごえ》で怒鳴《どな》りながら画面《がめん》を見《み》ると、隼人《はやと》が確保《かくほ》されたというメッセージがとどいていた。

「は、隼人《はやと》って、さっきの子《こ》ですわよね……？」

ついさっき逃《に》げ道《みち》をふさいでいた隼人《はやと》の姿《すがた》を思《おも》いだして、つばめはごくりとのどを鳴《な》らす。

「捕《つか》まりましたの？　ハンターに……？　そういえば、ハンターってどこに……」

緊張《きんちょう》しながら見《み》まわすと、ガラス窓越《まどご》しにハンターが外《そと》を歩《ある》いているのが見《み》えた。

あわてて頭《あたま》をひっこめる。

が、もしかして、隼人《はやと》はつばめを追《お》いかけていたハンターに捕《つか》まったのだろうか。

しばらくジッとしてみるが、ほかにハンターはきていないようだ。

「ということは……まさか……」

つばめのせいで隼人《はやと》はつかまったことになってしまうのではないだろうか。

「で、でも、逃《に》げればいいだけでしたもの！」

つばめは無事《ぶじ》に逃《に》げきれたのだから、捕《つか》まったのは単《たん》に隼人《はやと》の問題《もんだい》だ。

そのはずだ。そうにちがいない。

心臓《しんぞう》を服《ふく》の上《うえ》からぎゅっとおさえて、つばめはツンと口《くち》をとがらせた。

「私《わたし》はわるくない。私《わたし》のせいなんかじゃないんですわ……！」

文句《もんく》をいうつばめの声《こえ》は、カタカタと小《ちい》さくふるえていた。


ゲーム残《のこ》り時間《じかん》46分《ぷん》。

賞金額《しょうきんがく》は、現在《げんざい》￥８４，０００。

逃走者《とうそうしゃ》　残《のこ》り８人《にん》。

逃《とう》走《そう》中《ちゅう》参《さん》加《か》者《しゃ》名《めい》簿《ぼ》
和泉陽人《いずみはると》
白井《しらい》 玲《あきら》
小清水《こしみず》 凛《りん》
確保《かくほ》
佐々木《ささき》 恵太《けいた》
宍戸《ししど》 翼《つばさ》
児玉《こだま》 望《のぞむ》
確保《かくほ》
岡部隼人《おかべはやと》
浅間《あさま》つばめ
土岐瑞穂《ときみずほ》
谷川《たにがわ》 鷹《たか》
ゲーム
残《のこ》り時間《じかん》
46:00
賞金額《しょうきんがく》
¥
84,000

04
連《れん》係《けい》プレーで勝《しょう》利《り》をつかめ！

隼人《はやと》確保《かくほ》の通知《つうち》とほぼ同時《どうじ》に、ハンターの追跡《ついせき》からどうにか逃《のが》れていた望《のぞむ》は、目当《めあ》ての車両《しゃりょう》にたどりついていた。

一番《いちばん》はしの奥《おく》におかれたチョコレート色《いろ》の木製《もくせい》の車両《しゃりょう》。

「これだ！　ホジ６００５形式《けいしき》蒸気《じょうき》動車《どうしゃ》！」

車両《しゃりょう》の名前《なまえ》や、色《いろ》、車体《しゃたい》の材質《ざいしつ》などから、このあたりの展示《てんじ》車両《しゃりょう》のどれかにちがいないとさがしていた望《のぞむ》は、書《か》かれている製造年《せいぞうねん》を見《み》て、よしっと小《ちい》さく拳《こぶし》をにぎる。

１９１３年《ねん》、大正《たいしょう》２年《ねん》に製造《せいぞう》されたこの車両《しゃりょう》が、一番古《いちばんふる》いものでまちがいない。

普通《ふつう》の電車《でんしゃ》と似《に》た形《かたち》をしているけれど、車体《しゃたい》の上部《じょうぶ》に蒸気機関車《じょうききかんしゃ》のようにえんとつがあるのが特徴《とくちょう》の車両《しゃりょう》は、時代《じだい》や技術《ぎじゅつ》の発展《はってん》をすごく感《かん》じる。

「約《やく》１００年前《ねんまえ》の鉄道車両《てつどうしゃりょう》か……やっぱ蒸気《じょうき》もかっこいいよな……」

うっとりと見惚《みと》れていた望《のぞむ》は、ハッとしてタブレットをとりだした。

「そうだ。ハンターに見《み》つかるまえに送《おく》らなきゃいけないんだ」

左右《さゆう》を見《み》まわし、ハンターがいないことを確認《かくにん》しながらカメラをむける。

クイズ①の解答欄《かいとうらん》を表示《ひょうじ》させ、撮《と》った画像《がぞう》を送信《そうしん》すると、すぐにタブレットへ『児玉望《こだまのぞむ》の活躍《かつやく》により、クイズ①クリア』と通知《つうち》がとどいた。

「よし、つぎは——」

寝台車《しんだいしゃ》の場所《ばしょ》を確認《かくにん》しようと顔《かお》をあげた望《のぞむ》は、車両《しゃりょう》のあいだを歩《ある》く黒《くろ》いスーツ姿《すがた》を偶然《ぐうぜん》見《み》つけた。いつのまにかハンターがすぐそこまでやってきていた。

「やばい！」

望《のぞむ》はいそいで車両《しゃりょう》から離《はな》れる。

ハンターはまだ望《のぞむ》がいることには気《き》がついていないようで、ときおり立《た》ちどまっては周囲《しゅうい》を確《かく》認《にん》するように首《くび》をふりながら歩《ある》いている。

足音《あしおと》を立《た》てないように気《き》をつけながら通路《つうろ》をつっきり、望《のぞむ》はフロアのすみにある階段《かいだん》をのぼった。２階《かい》の通路《つうろ》にでると、透明《とうめい》のガード越《ご》しに１階《かい》フロアが見下《みお》ろせる。

望《のぞむ》が見《み》つけたハンターは、ゆっくりとホジ６００５形式蒸気動車《けいしきじょうきどうしゃ》の横《よこ》を進《すす》んで、ぐるりと１階《かい》フロアを歩《ある》いていた。

「よかった……」

2階《かい》はいまのところ安全《あんぜん》なようだ。

ホッと息《いき》をつきながら、望《のぞむ》はデッキを進《すす》むことにした。

「そういえば、翼《つばさ》は無事《ぶじ》かな……」

1階《かい》でわかれてしまってから、翼《つばさ》とは会《あ》えていない。

確保《かくほ》の通知《つうち》はきていないから、うまく逃《に》げられてはいると思《おも》うが心配《しんぱい》だ。

「2階《かい》にはいないよな……？」

デッキの横《よこ》には区切《くぎ》られた部屋《へや》がいくつかある。小《ちい》さな期待《きたい》を胸《むね》に『収蔵展示室《しゅうぞうてんじしつ》』にはいった望《のぞむ》は、だれもいない展示室《てんじしつ》にため息《いき》をこぼした。

「……翼《つばさ》と会《あ》うまえは、いつもこんな感《かん》じだったはずなのに」

勝手《かって》にクールだと誤解《ごかい》されてしまう望《のぞむ》は、女子《じょし》たちからはきゃあきゃあと遠巻《とおま》きにさわがれて、男子《だんし》からも勝手《かって》に一目《いちもく》おかれて遊《あそ》びに誘《さそ》われることもない。

「誘《さそ》われてもこまるけどさ」

みんなでワイワイはしゃぐのは苦手《にがて》なのだ。

特《とく》に好《す》きでもないスポーツをして遊《あそ》びたいとも思《おも》わないし、そんなに仲良《なかよ》くないクラスメイトと特《とく》に興味《きょうみ》のない話題《わだい》でもりあがることもできない。

昔《むかし》1回《かい》だけ、望《のぞむ》の好《す》きな鉄道《てつどう》の話《はなし》をしてみたら「え〜……そういうの好《す》きなんだ？　意外《いがい》〜……」とイヤな感《かん》じでいわれたことは、ずっと胸《むね》の奥《おく》にひっかかっている。

「……最後《さいご》に、鉄道旅行《てつどうりょこう》したいな、翼《つばさ》と」

きっと翼《つばさ》は乗車《じょうしゃ》する前《まえ》からはしゃぐだろう。鉄道《てつどう》についての話《はなし》をして、見《み》える景色《けしき》を写真《しゃしん》に撮《と》って、望《のぞむ》がだまっていたって怒《おこ》っているのかと誤解《ごかい》したりもしない。

好《す》きなことを好《す》きなだけ、好《す》きなようにわかちあえる友《とも》だちがいるのが、こんなに心強《こころづよ》いということを、望《のぞむ》は翼《つばさ》とであえてはじめて知《し》った。

(だけど、俺《おれ》はまた、ひとりになるんだ……)

展示《てんじ》されている古《ふる》い時計《とけい》を見《み》あげながらそう思《おも》うと、望《のぞむ》の胸《むね》がズキッと痛《いた》くなった。

(転校《てんこう》、したくないな……)

望《のぞむ》は来月転校《らいげつてんこう》することがきまっている。

あたらしい学校《がっこう》は、飛行機《ひこうき》でいくことを考《かんが》えるぐらい距離《きょり》の遠《とお》い場所《ばしょ》。

いままでのように一緒《いっしょ》に電車《でんしゃ》を見《み》たり、遊《あそ》んだりすることはきっとできない。

この【逃走中《とうそうちゅう》】に応募《おうぼ》したときにはまだ望《のぞむ》の転校《てんこう》はきまっていなかったから、ふたりで賞金《しょうきん》をゲットして、一緒《いっしょ》に近場《ちかば》の鉄道《てつどう》めぐりができたらいいなと思《おも》っていた。

(でも、引《ひ》っ越《こ》したらあえなくなるし、遠《とお》くなるし、ムリ、だよな……)

考《かんが》えれば考《かんが》えるほど、気分《きぶん》が落《お》ちこむ。

ため息《いき》をつきながら収蔵展示室《しゅうぞうてんじしつ》をでようとした瞬間《しゅんかん》。

デッキを歩《ある》いていただれかといきなりぶつかってしまった。

「うわっ！」

「わ！　ごめん！　だいじょうぶ!?」

一瞬《いっしゅん》ハンターかと思《おも》ったが、おどろいたように謝罪《しゃざい》の言葉《ことば》をかけたのは玲《あきら》だった。

玲《あきら》はあわてた様子《ようす》で近《ちか》づいて、アッと声《こえ》をあげて望《のぞむ》を見《み》あげる。

「さっきのクイズ、クリアしてくれたのきみだよね？　ありがとう！」

明《あか》るい表情《ひょうじょう》でお礼《れい》をいわれて、望《のぞむ》は一気《いっき》に緊張《きんちょう》してしまった。

参加者全員《さんかしゃぜんいん》があつめられたとき、いたのは知《し》っている。

だけど、それだけの関係《かんけい》の相手《あいて》に、なにを話《はな》せばいいのかわからなくて、表情筋《ひょうじょうきん》がかたまったように動《うご》いてくれない。

「あ、ああ……べつに」

なんとかしぼりだした声《こえ》は低《ひく》くなってしまった。

冷《つめ》たいイヤなやつだと思《おも》われただろうか。

クールな表情《ひょうじょう》とは反対《はんたい》に、望《のぞむ》はドキドキとイヤな汗《あせ》がでそうになってきた。

だが玲《あきら》はまったく気《き》にしていないようで、気《き》さくに話《はな》しかけてきてくれる。

「ホジ――って、あそこの車両《しゃりょう》だよね？　僕《ぼく》はてっきりＳＬ《エスエル》かなって思《おも》ってたから意外《いがい》だったよ。一番速《いちばんはや》い車両《しゃりょう》とかなら、新幹線《しんかんせん》かなって思《おも》ってたんだけど……」

「――……し、新幹線《しんかんせん》じゃない」

「え？」

だから望《のぞむ》も、少《すこ》しだけがんばって会話《かいわ》をつづけようと努力《どりょく》してみる。

「ちょ、超電導《ちょうでんどう》リニアが２００３年《ねん》に当時《とうじ》の世界最高速度《せかいさいこうそくど》を達成《たっせい》したんだ。だから正確《せいかく》には世界《せかい》最速車両《さいそくしゃりょう》ならリニアってことになる。あ、でもいまは、たしかＬ《エル》０系《けい》のリニアが時速《じそく》６０３キロメートルを記録《きろく》したから最速車両《さいそくしゃりょう》はそっちになっ――、あっ……」

が、鉄道《てつどう》の話《はなし》になるとついギアがはいって早口《はやくち》になってしまった。

おそるおそる玲《あきら》を見《み》ると、おどろいたような表情《ひょうじょう》で望《のぞむ》を見《み》つめている。

（しまった……またひかれた……）

望《のぞむ》は翼相手《つばさあいて》じゃないと、うまく会話《かいわ》ができない自分《じぶん》がイヤになる。

いたたまれない思《おも》いで、そそくさとその場《ば》を離《はな》れようとした望《のぞむ》の肩《かた》を玲《あきら》がたたいた。

「すごいね！」

「――え」

いいながら、玲《あきら》がぐっと距離《きょり》をちぢめる。

「すごいよ、望《のぞむ》くんって電車《でんしゃ》にすごくくわしいんだね！」

「い、いや、そんなことは……」

知識量《ちしきりょう》なら、翼《つばさ》のほうがもっとずっとすごい。

だけど口《くち》ごもるだけの望《のぞむ》に、玲《あきら》は「あ、そうだ！」とクイズ画面《がめん》をひらいて見《み》せた。

「もしかしてクイズ②のほうもこたえわかる？　ひとつひとつ確認《かくにん》しようとしてたんだけど、ハンターがいるからなかなか確認作業《かくにんさぎょう》が進《すす》められなくてこまってたんだ。寝台車《しんだいしゃ》って、なにか特徴《とくちょう》とかあるのかな」

うーん、と首《くび》をひねりながら聞《き》かれて、望《のぞむ》はおどろいてしまった。

リストウォッチに目《め》をやると、ミッション1の残《のこ》り時間《じかん》はあと3分《ぷん》。

賞金額《しょうきんがく》は102，000円《えん》。

あんなにある車両《しゃりょう》をひとつひとつ確認《かくにん》するには時間《じかん》がたりなすぎると思《おも》う。

「……しゃ、車号《しゃごう》を見《み》ればいいんだ。『ネ』がついているやつ。たとえばこれ、ここの『マイネ40』、これで寝台車《しんだいしゃ》だってわかる。そのとなりのやつも──」

望《のぞむ》はマップに表示《ひょうじ》された車体《しゃたい》を見《み》せながら玲《あきら》にいった。

展示車両《てんじしゃりょう》のなかで寝台車《しんだいしゃ》は、収蔵車両《しゅうぞうしゃりょう》エリアにある『マイネ40』と『オロネ10』のふたつ。

説明《せつめい》すると、玲《あきら》は感心《かんしん》したように望《のぞむ》を見《み》あげた。

「なるほど──あ、ねえ、『ネ』っていうのはなにか意味《いみ》があるの？」

「あ、ええと……寝《ね》るの『ネ』……」

「へぇ！　おもしろい！」

望《のぞむ》にとってはあたりまえの話《はなし》だったが、玲《あきら》にはおもしろい話《はなし》だったらしい。

あはは、と笑《わら》いながら1階《かい》を見《み》おろす。

「寝台車《しんだいしゃ》は2つある……ってことは解答《かいとう》にはふたり必要《ひつよう》ってことで──、あっ！」

とつぜん、玲《あきら》がデッキに身《み》を乗《の》りだすようにして声《こえ》をあげた。

なんだろうと玲《あきら》が見《み》ている方向《ほうこう》を見《み》て、

「？　なに──……」

「凛《りん》ちゃん！」

「翼《つばさ》！」

収蔵車両《しゅうぞうしゃりょう》にスキップでもしそうな様子《ようす》で近《ちか》づく女子《じょし》と、その背中《せなか》にあわてて手《て》をのばす小柄《こがら》な男子《だんし》の姿《すがた》を見《み》つけて、ふたりは思《おも》わず名前《なまえ》を呼《よ》んだ。


時間《じかん》は少《すこ》しだけさかのぼり。

玲《あきら》と望《のぞむ》が２階《かい》のデッキから思《おも》わず声《こえ》をあげることになる数分前《すうふんまえ》のこと。

黄色《きいろ》い車体《しゃたい》にブルーのラインがあざやかな車両《しゃりょう》を見《み》あげて、凛《りん》はタブレットをとりだした。

「わー、この電車《でんしゃ》なんかかわいいわねー！」

カメラを起動《きどう》させてピントをあわせる。

新幹線《しんかんせん》に似《に》ているけれど、見《み》たことのない車体《しゃたい》の色《いろ》が気《き》にいった。

だからそのままシャッターを押《お》そうとして、

「な、ななな、なんでその車両《しゃりょう》撮《と》ってるのー!?　それドクターイエローだよ!?」

うしろから急《きゅう》に声《こえ》をかけられ、手《て》を止《と》める。

ふりむくと、小柄《こがら》な翼《つばさ》が眼鏡《めがね》の奥《おく》の目《め》をこれでもかと大《おお》きく見開《みひら》いて凜《りん》を見《み》ていた。

「え？　かわいい色《いろ》だったから、こたえだったらいいなーって思《おも》ったんだけど……」

「ぜったいちがうよ!?」

両手《りょうて》をにぎり強《つよ》い口調《くちょう》でいいきられて、凜《りん》は「あら？」と小首《こくび》をかしげる。

陽人《はると》たちとわかれるときに、寝台車《しんだいしゃ》をさがそうという話《はなし》になってはいたが、なかを確認《かくにん》していくのは意外《いがい》と大変《たいへん》な作業《さぎょう》だった。

だからつい、息《いき》ぬきがてら展示車両《てんじしゃりょう》のあいだを探索《たんさく》していたら見《み》つけた車両《しゃりょう》が、意外《いがい》にもかわいい色《いろ》に塗《ぬ》られていて気《き》にいったのだが、ダメだったらしい。

「んー、ざんねん！　かわいいのに」

「たしかにかわいいっていうのはわかるけど、これはドクターイエローだからね」

「ねえ、そのドクターイエローってなぁに？」

しみじみとした口調《くちょう》でそういわれ、凜《りん》はふしぎに思《おも》った。

マップに書《か》かれている名前《なまえ》は『922形《がた》（T《ティー》3）』だ。

凜《りん》とならんで車両《しゃりょう》を見《み》あげていた翼《つばさ》が、ぱぁっとうれしそうな顔《かお》になる。

「この車両《しゃりょう》のべつ名《めい》、愛称《あいしょう》だよ！　正式名称《せいしきめいしょう》は922形《がた》新幹線電気軌道総合試験車《しんかんせんでんききどうそうごうしけんしゃ》っていうんだけど、0系《けい》新幹線《しんかんせん》をベースにつくられた車両《しゃりょう》で、設備状況《せつびじょうきょう》なんかを走《はし》りながら点検《てんけん》するんだ！　いわゆる『新幹線《しんかんせん》のお医者《いしゃ》さん』で、車体《しゃたい》の色《いろ》から『ドクターイエロー』っていう愛称《あいしょう》がついたんだよ！」

「なるほどねー！」

こまかい説明《せつめい》はぜんぜんわからないけれど、黄色《きいろ》いお医者《いしゃ》さんというのはわかりやすいし、覚《おぼ》えやすくてやっぱりかわいい。

うなずく凛《りん》に、翼《つばさ》はさらに早口《はやくち》でつづける。

「僕《ぼく》は大人《おとな》になったら新幹線《しんかんせん》の運転士《うんてんし》になるんだけど、望《のぞむ》はさ――あ、僕《ぼく》の親友《しんゆう》なんだけど、望《のぞむ》は将来《しょうらい》新幹線《しんかんせん》の整備士《せいびし》になるのが夢《ゆめ》なんだ。最初《さいしょ》はドクターイエローに乗《の》るのもいいかなって話《はなし》もしてたんだけど、もうすぐ引退《いんたい》しちゃうんだよね。それに僕《ぼく》が運転士《うんてんし》で望《のぞむ》が整備士《せいびし》になったらさ、もしかして一緒《いっしょ》の仕事《しごと》を――……って、うわ！　もうこんな時間《じかん》だよ！　とにかく、このドクターイエローはクイズのこたえじゃないから気《き》をつけてね！」

息《いき》をつくひまもないくらいにひとりで話《はな》していた翼《つばさ》が、急《きゅう》に凛《りん》にピッと人《ひと》さし指《ゆび》を立《た》てていう。

「え？　あ、私《わたし》？」

さすがの凛《りん》も、一瞬頭《いっしゅんあたま》がこんがらがりそうになってしまった。

が、真剣《しんけん》な表情《ひょうじょう》で「まちがえるとハンターが増《ふ》えるって書《か》いてあったよ」と翼《つばさ》にいわれて、自《じ》分《ぶん》がするべきことを思《おも》いだす。

そうだ。うっかりドクターイエローを撮影《さつえい》しようとして、翼《つばさ》が止《と》めてくれたんだった。

「あ、そうそう！　ハンターが増《ふ》えるのをとめなきゃってミッションだったものね。うっかり忘《わす》れてた！　ありがとー！」

あかるく謝罪《しゃざい》して、凛《りん》はそうだ、と翼《つばさ》を呼《よ》んだ。

「ねえねえ、電車《でんしゃ》にくわしいのよね？　じゃあクイズ②のこたえってわかる？」

「うん。寝台車《しんだいしゃ》はその車両《しゃりょう》と、そのとなりの車両《しゃりょう》なんだけど……」

翼《つばさ》が奥《おく》にならんだ車両《しゃりょう》のなかから、まんなかあたりの２両《りょう》をしめす。

「オッケー！　じゃあ撮《と》りにいかないと」

「まって！　近《ちか》くにハンターがいるんだ！」

走《はし》りだそうとした凛《りん》を、翼《つばさ》があわててひきとめる。

クイズのこたえはすぐにわかった翼《つばさ》だが、なかなかこたえを送信《そうしん》できないでいるのは理由《りゆう》があった。ハンターが車列近《しゃれつちか》くで逃走者《とうそうしゃ》をさがして歩《ある》きまわっているからだ。

「2階《かい》にいってくれたらいいなって思《おも》ってたんだけど、このへんばっかりまわってるんだよ。あっ、ほら、またきた！」

ハンターがゆっくりと奥《おく》から姿《すがた》をあらわした。

いそいでとなりの新幹線《しんかんせん》に逃《に》げこんだ凛《りん》たちは、運《うん》よく気《き》づかれなかったようだ。

見《み》つからないように顔《かお》だけだして確認《かくにん》すると、ハンターは車両《しゃりょう》のあいだをはいったと思《おも》ったら、またこちらにでてくるというのを繰《く》りかえしている。

もしかすると、はいれる車両《しゃりょう》のなかも確認《かくにん》しているのかもしれない。

「でも、ここにいても見《み》つかりそうよ？」

「だからこまってるんだってばぁ！　時間《じかん》もないよも〜！　どうしよ〜！」

「うーん……、あ、いいこと思《おも》いついた！」

凛《りん》は、頭《あたま》をかきむしる翼《つばさ》の前《まえ》でポンと手《て》をうった。

「私《わたし》があのハンターをひきつけて、スキを見《み》て写真《しゃしん》をとるから、翼《つばさ》くんは奥《おく》のほうの写真《しゃしん》をおねがいね！」

いったん凛《りん》がオトリになれば、翼《つばさ》はゆっくり写真《しゃしん》を撮《と》れる。そうしてこんどは凛《りん》がハンターの視界《しかい》からうまく逃《のが》れさえすれば、ぐるっとまわってもうひとつの車両《しゃりょう》を撮《と》って、ミッションクリアだ。

「えっ⁉　ひきつけるってそんなの危険《きけん》だよ――」

「いってきまーす！　よろしくね！」

「えぇえっ⁉」

おどろく翼《つばさ》の声《こえ》を聞《き》きながら、凛《りん》はダッと階段《かいだん》をおりる。

ドクターイエローの車体《しゃたい》ギリギリまでかけよってふりかえると、ちょうどハンターがかどをまがったところだった。

「きゃーっ！　きたきたーっ！」

ひらひらと手《て》をふる凛《りん》に気《き》づいたハンターが、一直線《いっちょくせん》にむかってくる。

その瞬間《しゅんかん》、凛《りん》は楽《たの》しそうな声《こえ》をあげて車体《しゃたい》のかどをまがった。

「う、うそ……いっちゃったよ、本当《ほんとう》に……！」

おどろいたのは翼《つばさ》だ。

凛《りん》をターゲットにきめたハンターは、新幹線《しんかんせん》の入《い》り口《ぐち》で壁《かべ》に身《み》をよせるようにして立《た》っていた翼《つばさ》にはまるで気《き》づかず、あっというまに遠《とお》くへいってしまったのだ。

だが、目《め》の前《まえ》をとおりすぎていったハンターはものすごい迫力《はくりょく》だった。

「うわぁぁぁ……っ、あ、あんなのすぐに捕《つか》まっちゃうよ！」

だけど、ミッション終了《しゅうりょう》の時間《じかん》は刻一刻《こくいっこく》とせまっている。

「最初《さいしょ》のハンターは2体《たい》でしょ……さっきクイズに1回失敗《かいしっぱい》しちゃってるから確実《かくじつ》に1体《たい》は増《ふ》えてるということで――……これも失敗《しっぱい》したらもっと増《ふ》えるの!?　ムリムリムリムリ……」

想像《そうぞう》しただけで、足《あし》がガクガクとふるえてしまう。

だけど、と翼《つばさ》はタブレットにとどいていた通知《つうち》に目《め》を落《お》とした。

そこには、クイズ①を望《のぞむ》がクリアしたという文面《ぶんめん》がある。

「で、でも、さっきせっかく望《のぞむ》がひとつクリアしてくれたんだから、僕《ぼく》も……っ」

一緒《いっしょ》にがんばろうねといった自分《じぶん》ががんばらないとダメじゃないか。

息《いき》をすいこみ勇気《ゆうき》をふりしぼって、翼《つばさ》は新幹線《しんかんせん》から飛《と》びだした。

「ハンターはいない……から、いまのうちだ！」

一目散《いちもくさん》に収蔵車両《しゅうぞうしゃりょう》エリアに近《ちか》づいて、『マイネ40』を撮影《さつえい》して、送信《そうしん》する。

全員《ぜんいん》のタブレットに『**宍戸翼《ししどつばさ》の活躍《かつやく》により、クイズ②の正解《せいかい》のうち『マイネ40』の撮影《さつえい》に成《せい》功《こう》。残《のこ》り、ひとつ**』という通達《つうたつ》がとどいた。

「やった！　やった！　あとひとつ！」

翼《つばさ》は小躍《こおど》りしながら、すぐにそこから離《はな》れると、チョコレート色《いろ》の車両《しゃりょう》のあいだに逃《に》げこむ。

階段《かいだん》をかけあがり、車内《しゃない》にはいると、車窓《しゃそう》から外《そと》を見《み》つめる。

「あの子《こ》、だいじょうぶかな……」

こたえはわかっているけれど、翼《つばさ》にはもう解答権《かいとうけん》がない。

リストウォッチを見《み》てみると、ミッション1の残《のこ》り時間《じかん》はあと1分《ぷん》をきっていた。

「あぁ……やっぱり無謀《むぼう》だったよね……あぁぁぁ……」

頭《あたま》をかかえてうずくまりそうになったそのとき。

車窓《しゃそう》のむこうに、ポニーテールをはずませてやってくる凛《りん》が見《み》えた。

「えっ!?　本当《ほんとう》にふりきったの!?」

凛《りん》はきょろきょろとあたりを警戒《けいかい》しつつも、軽《かる》い足取《あしど》りで車体《しゃたい》に近《ちか》づき、タブレットで撮影《さつえい》する。


ピロリロリン♪

『小清水凛《こしみずりん》の活躍《かつやく》により、クイズ②の正解《せいかい》のうち『オロネ10』の撮影《さつえい》に成功《せいこう》。ミッション1ク

リア』

「す、す、す、すごい！」

車両《しゃりょう》のなかで、翼《つばさ》は思《おも》わずさけんでしまった。

気《き》づいた凛《りん》がピースサインを送《おく》ってくれる。

が、それからすぐに、凛《りん》はあわてたようにスピードをあげていってしまった。

「え？　どうし……、わっ、ハンターきてる！」

時間差《じかんさ》でやってきたハンターを見《み》つけた翼《つばさ》は、隠《かく》れるように、その場《ば》にしゃがみこんだのだった。


ゲーム残《のこ》り時間《じかん》41分《ぷん》。

賞金額《しょうきんがく》は、現在《げんざい》￥１１４，０００。

逃走者《とうそうしゃ》　残《のこ》り８人《にん》。

逃《とう》走《そう》中《ちゅう》参《さん》加《か》者《しゃ》名《めい》簿《ぼ》
和泉《いずみ》陽人《はると》
白井《しらい》玲《あきら》
小清水《こしみず》凛《りん》
確保《かくほ》
佐々木《ささき》恵太《けいた》
宍戸《ししど》翼《つばさ》
児玉《こだま》望《のぞむ》
確保《かくほ》
岡部《おかべ》隼人《はやと》
浅間《あさま》つばめ
土岐《とき》瑞穂《みずほ》
谷川《たにがわ》鷹《たか》
ゲーム
残《のこ》り時間《じかん》
41:00
賞金額《しょうきんがく》
¥114,000

05 アラームを停《てい》止《し》せよ！

ミッション1が成功《せいこう》したという通知《つうち》がとどいたとき、陽人《はると》は1階《かい》のイベント広場《ひろば》の近《ちか》くにいた。
「すごいな！　小清水《こしみず》がクイズに正解《せいかい》したのか！」
てっきり玲《あきら》が先《さき》に解答《かいとう》を見《み》つけるとばかり思《おも》っていたからびっくりだ。
と、そのとき、リストウォッチの残《のこ》り時間《じかん》がちょうど40分《ぷん》にかわった。

ブー！　ブー！　ブー！

タブレットがミッション2の通達《つうたつ》を告《つ》げる。

ミッション2

・残《のこ》り時間《じかん》が30分《ぷん》になったら、リストウォッチに内蔵《ないぞう》された時限《じげん》アラームが鳴《な》りだす。

・アラームと連動《れんどう》して、ハンターに居場所《いばしょ》が通達《つうたつ》される。
・1階《かい》「鉄道《てつどう》のしくみ」でチケットを発券《はっけん》することで、アラームは解除《かいじょ》される。
・ただし、発券《はっけん》できるチケットの枚数《まいすう》は6枚《まい》となっている。

「アラーム!?　これはぜったいやらなきゃだろ!」

内容《ないよう》を確認《かくにん》し、陽人《はると》はすぐに決心《けっしん》した。

居場所《いばしょ》が知《し》られてしまったら、いくら上手《じょうず》に隠《かく》れたところで逃《に》げきることなど不可能《ふかのう》なのだ。

いそいでマップをひらくと、1階《かい》の壁側《かべがわ》に☆マークがでていた。

ここが発券場所《はっけんばしょ》らしい。場所《ばしょ》を確認《かくにん》していると、玲《あきら》からの連絡《れんらく》がはいった。

『陽人《はると》!　ミッションやるよね?』

「とうぜん!　玲《あきら》もやるだろ?　いまどこにいる?」

『僕《ぼく》はまだ2階《かい》だけど、陽人《はると》は1階《かい》だよね?　このミッション、チケットに上限《じょうげん》があるってことだから、早《はや》めに発券《はっけん》しておかないと到着《とうちゃく》しても発券《はっけん》できない可能性《かのうせい》があるってことだと思《おも》うんだ』

「へ?」

玲《あきら》に説明《せつめい》されて、陽人《はると》はもう一度《いちど》ミッションの内容《ないよう》を読《よ》みかえしてみる。

「――……枚数《まいすう》は6枚《まい》……、あっ」

発券《はっけん》できるチケットの数《かず》は6枚《まい》、いま、エリア内《ない》を逃走《とうそう》している参加者《さんかしゃ》は8人《にん》。

ということは、ぜったいにアラームを解除《かいじょ》できない参加者《さんかしゃ》がふたりいる。

「いそごうぜ！」

『うん。それで僕《ぼく》に考《かんが》えがあるんだけど――』

いますぐにでもかけだしたい陽人《はると》を、玲《あきら》がとどめる。

『ふたりで券売機《けんばいき》をめざしても、ハンターに見《み》つかったらきっとバラバラになるし、へたをすれば捕《つか》まっちゃうだろ？　だから、まずは僕《ぼく》が2階《かい》から陽人《はると》を誘導《ゆうどう》する』

だけどその作戦《さくせん》だと、玲《あきら》は発券《はっけん》できないままだ。

そんなことはできないと反対《はんたい》する陽人《はると》に、玲《あきら》は冷静《れいせい》な声《こえ》でいった。

『でもこれが一番効率《いちばんこうりつ》がいいんだ。さいわい2階《かい》にハンターはきていない。いまのうちに陽人《はると》がチケットをゲットして、つぎに僕《ぼく》を2階《かい》から誘導《ゆうどう》してよ』

「でもそれじゃ――」

作戦《さくせん》はわかった。サッカーの試合《しあい》でも効率《こうりつ》のいい作戦《さくせん》をたてるブレインの玲《あきら》がいうのだから、これが一番《いちばん》いいということも頭《あたま》では理解《りかい》している。

それでもなんだか自分《じぶん》だけいい思《おも》いをするようで、ずるい気《き》がする。

『陽人《はると》、3時《じ》の方向《ほうこう》からハンターくるよ！　まるい顔《かお》の新幹線《しんかんせん》のあいだにはいって！』

「うおっ！」

だけどハンターはそんな事情《じじょう》をくんではくれない。

玲《あきら》にするどく指示《しじ》されて、陽人《はると》ははじかれるように動《うご》きだした。

（そうだ。玲《あきら》のいうとおり、俺《おれ》が早《はや》く発券《はっけん》して、代《か》わればいい！）

それに玲《あきら》の指示《しじ》は的確《てきかく》だ。

陽人《はると》の動《うご》きのクセを理解《りかい》して、ちょうどいいタイミングで動《うご》く方向《ほうこう》をしめしてくれる。

おかげで陽人《はると》は、一度《いちど》もハンターに見《み》つかることなく、すぐに「鉄道《てつどう》のしくみ」の券売機《けんばいき》を見《み》つけることができた。

「よし！　これだな！」

かけよって、券売機《けんばいき》の画面《がめん》にふれると、「名前《なまえ》を入力《にゅうりょく》してください」という文字《もじ》がでる。

ひらがなのボタンをタップして自分《じぶん》の名前《なまえ》を入力《にゅうりょく》すると、つぎに駅《えき》を選択《せんたく》する画面《がめん》にかわった。

だが、選択表示《せんたくひょうじ》は《逃走中《とうそうちゅう》↓アラーム解除《かいじょ》》というものだけだ。

「これをタップすればいいってことか……？」

おそるおそる画面《がめん》にふれると、すぐ左《ひだり》の発券口《はっけんぐち》から自分《じぶん》の名前《なまえ》が印字《いんじ》されたチケットがでてくる。

ピロリロリン♪

同時《どうじ》にタブレットが鳴《な》って、『**和泉陽人《いずみはると》、発券《はっけん》に成功《せいこう》。アラームは解除《かいじょ》となった。チケットは残《のこ》り5枚《まい》**』の文字《もじ》が全員《ぜんいん》に通達《つうたつ》された。

「よし、アラーム解除《かいじょ》！　つぎは玲《あきら》だ！　すぐそっちにむか――」

ホッとしてきびすをかえそうとして、

「うわっ!?」

ふりむいたら目《め》と鼻《はな》の先《さき》にいた鷹《たか》におどろいてのけぞってしまった。

いつからそこにいたのか、ぜんぜん気配《けはい》を感《かん》じなかった。

『た、鷹《たか》くん、どこからでてきたんだろう……』

2階《かい》から見《み》ていたはずの玲《あきら》もわからなかったようで、おどろいている。

鷹《たか》は陽人《はると》の反応《はんのう》などまったく気《き》にもとめずに、スタスタと券売機《けんばいき》の前《まえ》にいく。

「ええと……画面《がめん》をさわって、名前《なまえ》をうちこめばいいっと……、たしかさっきはこうやっていましたから……」

ぼそぼそと小声《こごえ》でいいながら発券《はっけん》させると、タブレットに『**谷川鷹《たにがわたか》、発券《はっけん》に成功《せいこう》。アラームは解除《かいじょ》となった。チケットは残《のこ》り4枚《まい》**』と通達《つうたつ》が届《とど》く。

でてきたチケットをぬきとった鷹《たか》は、くるりとふりかえった。

「ありがとうございます。たまたま通話《つうわ》してるのが聞《き》こえまして、作戦《さくせん》に便乗《びんじょう》させてもらいました。きみたちはすごくいいチームワークをもっていそうだという、ボクのカンは正《ただ》しかった」

「は？　……はぁ!?」

ひょうひょうとした様子《ようす》で礼《れい》をいわれて、一瞬《いっしゅん》ほうけてしまいそうになった陽人《はると》だが、いっていることを理解《りかい》したとたん、さすがに腹《はら》が立《た》ってきた。

つまり、だまって陽人《はると》のあとをつけて、さっさと利益《りえき》をかすめとったという宣言《せんげん》だ。

「じゃあボク、こっちにいきますね」

するどい視線《しせん》をむける陽人《はると》にまったく悪《わる》びれず、鷹《たか》はチケットをひらひらさせていってしまった。

『陽人《はると》、おわったことはしかたないよ。まだ4枚《まい》もあるんだし』

「くそっ！　すぐそっちにいくな！」

玲《あきら》になだめられても、気《き》もちはすぐにはおさまらない。

だけど、ここでこうしているだけでも、時間《じかん》はどんどんすぎていくのだ。

ほかの逃走者《とうそうしゃ》たちが、チケットを発券《はっけん》してしまうともかぎらない。

陽人《はると》は気《き》もちをきりかえるように両手《りょうて》で自分《じぶん》のほおをたたくと、玲《あきら》のいる2階《かい》へといそいでむかったのだった。


アラームの発動《はつどう》まで、あと6分《ぷん》。

デッキの上《うえ》で陽人《はると》の様子《ようす》を確認《かくにん》していた玲《あきら》は、鷹《たか》の作戦《さくせん》に感心《かんしん》していた。

（たぶん鷹《たか》くんって、僕《ぼく》からも見《み》えないように意識《いしき》して動《うご》いていたよね。うーん、ぜんぜん気《き》づけなかったな……）

サッカーでも、プレイの基本《きほん》は相手《あいて》の逆《ぎゃく》をつくことだ。

相手《あいて》の予測《よそく》や考《かんが》えていることをうまく利用《りよう》して、自分《じぶん》の利益《りえき》につなげること——

今回《こんかい》はまんまと鷹《たか》にしてやられてしまったようだ。

少《すこ》し悔《くや》しいけれど、その発想力《はっそうりょく》は素直《すなお》に感心《かんしん》できる。

（あ、そろそろ陽人《はると》もこっちに到着《とうちゃく》だな）

こちらにむかっている陽人《はると》の姿《すがた》を確認《かくにん》して、玲《あきら》も移動《いどう》を開始《かいし》した。

1階《かい》にいるハンターは、ちょうど陽人《はると》から対角線上《たいかくせんじょう》の一番離《いちばんはな》れた場所《ばしょ》にいる。

陽人《はると》がのぼってくるだろう階段近《かいだんちか》くにむかった玲《あきら》は、途中《とちゅう》に展示《てんじ》された国鉄《こくてつ》バス第《だい》1号車《ごうしゃ》の近《ちか》くで、動《うご》く人影《ひとかげ》に気《き》がついた。

エンジンがはいった透明《とうめい》のケースのすみにしゃがみこんで、タブレットを必死《ひっし》でのぞきこんでいるのは瑞穂《みずほ》だ。

「えーと……？　いまがここでしょ？　で、ここからおりて、『鉄道《てつどう》のしくみ』がこっちだから……いや、でも、でもさ？　もし階段《かいだん》でハンターと鉢合《はちあ》わせしちゃったら……」

「だいじょうぶ？」

「ひゃあぁっ！」

「うわっ！」

声《こえ》をかけると、瑞穂《みずほ》は思《おも》わず悲鳴《ひめい》をあげた。

ハンターが気《き》づいてしまいそうな大声《おおごえ》に、玲《あきら》はあわてて「しーっ！」と人《ひと》さし指《ゆび》を立《た》てる。ついでに自分《じぶん》の口《くち》も片手《かたて》でふさぐ。

その姿《すがた》にハッとして、瑞穂《みずほ》も自分《じぶん》の口《くち》を両手《りょうて》でおさえながらくぐもった声《こえ》でいった。

「ほ、ほへん、ひっふりして……！」

たぶん、「ごめん、びっくりして」といいたいのだろう。

玲《あきら》は苦笑《くしょう》しながら瑞穂《みずほ》に手《て》をさしだした。

「ええと、僕《ぼく》もおどろかせてごめんね。もしかして、まよってるのかと思《おも》ったんだけど」

立《た》つのをてつだいながらそういうと、瑞穂《みずほ》は恥《は》ずかしそうに頭《あたま》のうしろに手《て》をあてる。

「ち、ちがうちがう！　なんとなくの場所《ばしょ》はわかったんだけど、いつハンターがでてくるのかって思《おも》ったら、なかなか勇気《ゆうき》がでなくなっちゃって……へへへ」

それで、頭《あたま》のなかで何度《なんど》もシミュレーションをしていたのだという。

その気《き》もちは、玲《あきら》にもすごくよくわかる。

すぐそこのまがりかどや階段《かいだん》からハンターがあらわれたら――

そう考《かんが》えると一気《いっき》に心臓《しんぞう》が痛《いた》くなる。

「あ、じゃあさ、僕《ぼく》これからミッションやりにいくところなんだけど――」

玲《あきら》がそういいかけたとき、ダダダッと階段《かいだん》をのぼってくる足音《あしおと》がした。

ふたりはビクッと体《からだ》をこわばらせる。

もしかしてハンターに追《お》われただれかがむかってきているのか。

「玲《あきら》、またせた！」

だが、息《いき》せききってやってきたのは陽人《はると》だった。

「よ、よかったぁ……っ」

「陽人《はると》、ナイスタイミング！」

ホッとしすぎてまたヘナヘナとしゃがみこんでしまった瑞穂《みずほ》に、玲《あきら》が小《ちい》さくウィンクをする。

「え？　なんだ？」

事情《じじょう》がのみこめない陽人《はると》に、玲《あきら》は瑞穂《みずほ》とふたり一緒《いっしょ》の誘導《ゆうどう》をおねがいしたのだった。


一方《いっぽう》そのころ。

つばめはイライラしながらミッションの内容《ないよう》をにらみつけていた。

「チケットってなに!?　どこで買《か》うんですの!?」

つばめがいるのは、1階《かい》のミュージアムショップ。

隼人《はやと》を身代《みが》わりにハンターをふりきってからずっと、商品棚《しょうひんだな》のあいだに身《み》をひそめてじっとしていたのだ。

「ここで終《お》わるまでずっと隠《かく》れていようと思《おも》っていましたのに！」

あと数分《すうふん》でアラームが鳴《な》ってしまうなんて聞《き》いていない。

どうにかしてミッションをクリアしないといけないのはわかっているが、券売機《けんばいき》の場所《ばしょ》もわからないままだ。

マップを見《み》れば券売機《けんばいき》のある場所《ばしょ》に☆マークがでているのだが、つばめはまったく確認《かくにん》していなかった。あせりだけがつのっている。

「券売機《けんばいき》なんか使《つか》ったことないですわよ！　いつもはお父《とう》さまの車《くるま》だし、運転手《うんてんしゅ》がいるし、飛行機《ひこうき》は空港《くうこう》にいけば乗《の》れるんだもの……、発券《はっけん》ってどうすればいいんですの……！」

つばめは公共交通機関《こうきょうこうつうきかん》をひとりで使《つか》ったことがなかった。

入場《にゅうじょう》に券《けん》やQR《キューアール》コードが必要《ひつよう》なときは、用意《ようい》されたものをだせばよかった。

「自分《じぶん》で用意《ようい》する必要《ひつよう》なんてなかったもの……、わからないですわ！」

だが、ミッション2の残《のこ》り時間《じかん》は5分《ふん》もない。

とにかく1階《かい》をさがさなければと顔《かお》をあげたつばめの視界《しかい》に、ふわふわ頭《あたま》をゆらしながら歩《ある》く鷹《たか》の姿《すがた》がはいった。

(――あっ、あの子《こ》、さっきこの私《わたし》を無視《むし》した子《こ》ですわ！)

ふんっとそっぽをむこうとしたつばめは、鷹《たか》がなにかをもっていることに気《き》がついて目《め》をほそめる。ひらひらとゆらしているのは、チケットだ。

「そそそれっ！　ちょっと！　どなたから買《か》えばいいのかしら!?」

わかったとたん、つばめは飛《と》びつかんばかりのいきおいで鷹《たか》につめよった。

とつぜんあらわれたつばめに、鷹《たか》もさすがに目《め》をまるくする。

それから不思議《ふしぎ》そうに首《くび》をかしげて、つばめのもっているタブレットを指《ゆび》さした。

「どなたって……マップを見《み》たらわかりますけど……？」

「マップ!?」

それならそうとミッションの内容《ないよう》に書《か》いておいてくれないと。

つばめは大《おお》あわてでマップを開《ひら》き、必死《ひっし》に場所《ばしょ》を確認《かくにん》する。

つばめがようやく発券場所《はっけんばしょ》を確認《かくにん》しようとしていたとき。

翼《つばさ》と望《のぞむ》は、屋外《おくがい》に展示《てんじ》されているN《エヌ》700系《けい》の新幹線《しんかんせん》の裏《うら》でようやく合流《ごうりゅう》したところだった。

「望《のぞむ》！　無事《ぶじ》でよかったー！」

顔中《かおじゅう》によろこびをうかべてかけてきた翼《つばさ》に、望《のぞむ》もようやくホッとできた。

だがミッション2の残《のこ》り時間《じかん》はあと5分《ふん》。

賞金額《しょうきんがく》は、150，000円《えん》。

「チケットの発券《はっけん》にいかないとだよな！」

「うん！　鉄道《てつどう》のしくみのところの券売機《けんばいき》って、最初《さいしょ》に僕《ぼく》たちが見《み》てたとこにあったよね！　いそごう！」

「ああ！」

マップを開《ひら》くまでもなく、ふたりの頭《あたま》には券売機《けんばいき》の場所《ばしょ》がはいっている。

慎重《しんちょう》に1階《かい》のほうに顔《かお》をのぞかせて、翼《つばさ》が望《のぞむ》に合図《あいず》をおくった。

「いまだよ！」

「ああ！」

ふたりはまっすぐ券売機《けんばいき》をめざして動《うご》きだす。

だが、神出鬼没《しんしゅつきぼつ》なハンターが、運悪《うんわる》くならんで展示《てんじ》された新幹線《しんかんせん》の車両《しゃりょう》のあいだからふたりの姿《すがた》を見《み》つけてしまった。

「翼《つばさ》！　見《み》つかった！」

「えぇえっ!?」

いきなりこちらにむかってきたハンターを見《み》て、望《のぞむ》と翼《つばさ》は跳《は》ねるように動《うご》きだした。

通《とお》りぬけのできない通路《つうろ》にいたハンターは、新幹線《しんかんせん》をぐるりとまわってこちらにむかってくるはずだ。まだ逃《に》げきれる可能性《かのうせい》はある。

「うわぁぁあっ！」

「翼《つばさ》、こっちだ――」

922形《がた》の新幹線《しんかんせん》をまがった望《のぞむ》がふりかえると、翼《つばさ》はいなくなっていた。

「って、え!?　翼《つばさ》、どこだ!?」

思《おも》わず立《た》ちどまってしまった望《のぞむ》の目《め》に、車両《しゃりょう》をまわってやってくるハンターの姿《すがた》が見《み》えた。

「くそっ！」

ここにいては見《み》つかってしまう。望《のぞむ》はその場《ば》から離《はな》れるしかなかった。

一方《いっぽう》姿《すがた》が見《み》えなくなった翼《つばさ》はというと、ドクターイエローの連結部分《れんけつぶぶん》にあがる小《ちい》さな階段《かいだん》と説《せつ》明板《めいばん》のあいだのすきま――そこにしゃがみこんでいるところだった。

小柄《こがら》な翼《つばさ》だからこそ、すっぽりはまることができたのだ。

バタバタとかけぬける足音《あしおと》を目《め》をつぶってやりすごし――

気《き》づくとだれもいなくなっていた。

「……あ、あれ？　望《のぞむ》？」

どうしよう、と思《おも》いながらリストウォッチに目《め》をやれば、ミッション２の残《のこ》り時間《じかん》はもう４分《ふん》になろうとしていた。

「ひ、ひとまず発券《はっけん》して――……」

おそるおそる立《た》ちあがり、翼《つばさ》は券売機《けんばいき》へともどる。

ふるえる指《ゆび》で発券《はっけん》すると、『**宍戸翼《ししどつばさ》、発券《はっけん》に成功《せいこう》。アラームは解除《かいじょ》となった**』と通達《つうたつ》された。

そして、アラーム解除《かいじょ》に必要《ひつよう》なチケットは、あと３枚《まい》。


ゲーム残《のこ》り時間《じかん》34分《ふん》。

賞金額《しょうきんがく》は、現在《げんざい》￥１５６，０００。

逃走者《とうそうしゃ》　残《のこ》り８人《にん》。

逃《とう》走《そう》中《ちゅう》参《さん》加《か》者《しゃ》名《めい》簿《ぼ》
和泉《いずみ》陽人《はると》
白井《しらい》玲《あきら》
小清水《こしみず》凜《りん》
確保《かくほ》
佐々木《ささき》恵太《けいた》
宍戸《ししど》翼《つばさ》
児玉《こだま》望《のぞむ》
確保《かくほ》
岡部《おかべ》隼人《はやと》
浅間《あさま》つばめ
土岐《とき》瑞穂《みずほ》
谷川《たにがわ》鷹《たか》
ゲーム 残《のこ》り時間《じかん》
34:00
賞金額《しょうきんがく》
¥156,000

06

汽《き》笛《てき》アラームは危《き》険《けん》なしらべ

翼《つばさ》が発券《はっけん》を成功《せいこう》させていたとき、ハンターは望《のぞむ》を猛《もう》スピードで追《お》いかけていた。
その様子《ようす》を2階《かい》のデッキから見《み》ていた陽人《はると》は、いまがチャンスだとすぐにわかった。
「玲《あきら》、いまならそっちにハンターはいない！」
『了解《りょうかい》！』
陽人《はると》の指示《しじ》を受《う》けた玲《あきら》と瑞穂《みずほ》は、安全《あんぜん》に券売機《けんばいき》へたどりつくことができた。
順番《じゅんばん》に名前《なまえ》を入力《にゅうりょく》して発券《はっけん》させれば、ミッション2はクリアとなる。

ピロリロリン♪

『土岐瑞穂《ときみずほ》、発券《はっけん》に成功《せいこう》。アラームは解除《かいじょ》となった。チケットは残《のこ》り2枚《まい》』
『白井玲《しらいあきら》、発券《はっけん》に成功《せいこう》。アラームは解除《かいじょ》となった。チケットは残《のこ》り1枚《まい》』

立《た》てつづけの成功通知《せいこうつうち》に、陽人《はると》はホッと胸《むね》をなでおろす。

『あとは凛《りん》ちゃんだね』

「だな。小清水《こしみず》にも連絡《れんらく》してみる——」

と思《おも》った直後《ちょくご》、階段《かいだん》のほうで音《おと》がした。

ハッとしてふりかえるとそこにいたのはハンター……——ではなく、望《のぞむ》だった。

これでもかというほど必死《ひっし》の形相《ぎょうそう》でこちらにむかってくる望《のぞむ》のうしろには、ハンターがいた。

「ヤバい！　こっちにハンターがきた！」

玲《あきら》との通話《つうわ》を乱暴《らんぼう》にきって、陽人《はると》もダッと逃《に》げだした。


そのころ、券売機《けんばいき》にむかって慎重《しんちょう》に移動《いどう》していた凛《りん》は、バタバタという足音《あしおと》に気《き》づいて動《うご》きを止《と》めた。近《ちか》くの車両《しゃりょう》にさっと体《からだ》をよせて様子《ようす》をうかがう。

「だれか逃《に》げてる……？　あっ」

足音《あしおと》を追《お》って見《み》あげると、２階《かい》の通路《つうろ》にハンターが見《み》えた。

その前《まえ》を必死《ひっし》で逃《に》げているのは背《せ》の高《たか》い男子《だんし》――望《のぞむ》だ。

2階《かい》のデッキ部分《ぶぶん》はほとんど一本道《いっぽんみち》で見通《みとお》しもいい。逃《に》げきるのは至難《しなん》の業《わざ》だ。

「うわっ、がんばって！」

小《ちい》さな声《こえ》でエールを送《おく》って、凛《りん》はそろそろと移動《いどう》を開始《かいし》した。

イベント広場《ひろば》にある「モハ52」という明《あか》るいベージュとチョコレート色《いろ》のツートンカラーの車両《しゃりょう》の横《よこ》の階段《かいだん》をのぼり、だれもいないのを確認《かくにん》しながら足早《あしばや》にすぎる。

「こういうとき、車両《しゃりょう》のなかからハンターがでてきたら、完全《かんぜん》にアウトよねー」

イヤな可能性《かのうせい》をなぜか明《あか》るい声《こえ》でいいながら、凛《りん》はリストウォッチを確認《かくにん》した。

ミッション2の残《のこ》り時間《じかん》はあと2分《ふん》をきっている。

「けっこうギリギリ！　発券《はっけん》できなかったら、ほぼ終《お》わりよね。よーっし、ラストスパート！」

2階《かい》にいるハンターとはべつのハンターが1階《かい》にいないことを祈《いの》りながら、凛《りん》は反対側《はんたいがわ》の階段《かいだん》をおりると左《ひだり》にまがる。

この先《さき》をまっすぐいけば左側《ひだりがわ》に券売機《けんばいき》があったはずだ。

凛《りん》はきょろきょろと様子《ようす》をうかがいながら早足《はやあし》になった。

少《すこ》し前《まえ》に、陽人《はると》と玲《あきら》がチケットを発券《はっけん》できたと通知《つうち》がきている。

「チケットは残《のこ》り1枚《まい》よね！」

ドクターイエローを通《とお》りすぎると、鉄道《てつどう》のしくみコーナーが見《み》えてきた。

ハンターの姿《すがた》はない。凛《りん》は券売機《けんばいき》に到着《とうちゃく》すると、すぐにパネルに指《ゆび》をのばす。

「ダメですわっ！」

そのとき、少《すこ》し離《はな》れた場所《ばしょ》から大《おお》きな声《こえ》が聞《き》こえてきた。

とつぜんのことに思《おも》わず凛《りん》の指《ゆび》が止《と》まる。

ふりかえった凛《りん》のそばに猛《もう》スピードでやってきたのはつばめだった。

「――へ？」

凛《りん》の前《まえ》に体《からだ》をねじこませると、つばめは券売機《けんばいき》にかじりつくように両手《りょうて》をひろげた。

「これっ！　どうすればいいんですの!?」

「へ？　え、ええと、パネルにでているとおりに名前《なまえ》をうちこんで――……？」

「感謝《かんしゃ》しますわ！」

あまりのいきおいにおされてこたえてしまった凛《りん》の説明《せつめい》にしたがって、つばめは自分《じぶん》の名前《なまえ》を打《う》ちこんでいく。そのまま画面《がめん》の発券《はっけん》ボタンに指《ゆび》をのばして。

ピロリロリン♪

『浅間《あさま》つばめ、発券《はっけん》に成功《せいこう》。アラームは解除《かいじょ》となった。チケットは残《のこ》り0枚《まい》』

「ごめんあそばせ」

「へ……？」

発券《はっけん》されたチケットを満足《まんぞく》げに見《み》つめたつばめが、そういって優雅《ゆうが》にさっていく。
その背中《せなか》を見送《みおく》って、凛《りん》はハッとしてタブレットを見《み》た。
チケットは残《のこ》り0枚《まい》——ミッション2、失敗《しっぱい》だ。

「あちゃー！　やられちゃったー！」

凛《りん》は両手《りょうて》で頭《あたま》をおおった。が、すぐに、「よしっ」と顔《かお》をあげる。

「こうなったら逃《に》げるしかないものね！」

終《お》わったことをぐだぐだいっていてもはじまらない。
ハンターから逃《に》げるゲームだということに変《か》わりはないのだ。

「ハンターに見《み》つかるのドキドキする〜！」

なぜだかうれしそうな声《こえ》でいいながら、その場《ば》でぴょんっととびはねる。

つぎの瞬間《しゅんかん》、ミッション2の終了《しゅうりょう》を知《し》らせる通知《つうち》がタブレットにとどいた。


ポオッ、ポオー！


「うわっ！　すごい音《おと》！」

同時《どうじ》に、リストウォッチから聞《き》いたこともない大《おお》きな汽笛《きてき》が鳴《な》りだした。


「うわっ！　汽笛《きてき》!?　そっか、タイムリミット！」

残《のこ》り時間《じかん》が30分《ぷん》になったとき。

望《のぞむ》はハンターに追《お》いかけられながら、必死《ひっし》で2階《かい》を走《はし》りぬけていた。

通達音《つうたつおん》は聞《き》こえていたけれど、内容《ないよう》を確認《かくにん》しているよゆうなんてあるわけがない。

すぐうしろにハンターが猛《もう》スピードでせまっているのだ。

「この音《おと》、もしかして国鉄《こくてつ》8620形蒸気機関車《がたじょうききかんしゃ》——ハチロクの汽笛《きてき》か!?」

リストウォッチから聞《き》こえてくる大音量《だいおんりょう》の汽笛《きてき》の音《おと》を聞《き》きながら、望《のぞむ》はセンターデッキを通《とお》りすぎる。

「う、うまくふりきったとしても、隠《かく》れられないよな……!」

汽笛《きてき》の音《おと》が鳴《な》りつづけているかぎり、もうどこにも逃《に》げ場《ば》はないのだ。

悪《わる》あがきだとわかってはいても、汗《あせ》ひとつ流《なが》さずにせまるハンターにおいかけられれば、あまりの怖《こわ》さに足《あし》が勝手《かって》に動《うご》いてしまう。

「く、くそ……っ」

がむしゃらに手足《てあし》を動《うご》かして、望《のぞむ》は見《み》えてきた階段《かいだん》をおりた。

汽笛《きてき》を鳴《な》らしながら、どうにか逃《に》げきれないか考《かんが》える。

(もし、もしも車両展示《しゃりょうてんじ》にひとがいて、ハンターがそっちに気《き》づいたら、そのスキに——)

そんなことを考《かんが》えながら1階《かい》にたどりついた望《のぞむ》の視線《しせん》の先《さき》に、翼《つばさ》が見《み》えた。

聞《き》こえる汽笛《きてき》の音《おと》に顔《かお》をあげて、きょろきょろとあたりを見《み》まわしている翼《つばさ》は、ハンターに気《き》づいていない。

(ま、まずい！　このままずすんだら——)

確実《かくじつ》にハンターは翼《つばさ》にも気《き》づいてしまうだろう。
だけどここで立《た》ちどまれば、１００パーセント望《のぞむ》は捕《つか》まる。
(俺《おれ》は——)
最後《さいご》まで逃《に》げきって、お金《かね》をもらって、翼《つばさ》と一緒《いっしょ》に鉄道《てつどう》めぐりがしたかった。
でもそれは、望《のぞむ》の転校《てんこう》でかなわない夢《ゆめ》になってしまった。
(——……もう会《あ》えなくなったとしても)
それでも、翼《つばさ》は大切《たいせつ》な友《とも》だちだ。
いつもひとりだった自分《じぶん》に話《はな》しかけてくれた。
翼《つばさ》と会《あ》えたから望《のぞむ》は学校《がっこう》が楽《たの》しくなったし、好《す》きなものを好《す》きだといって笑《わら》いあえた。
何度《なんど》翼《つばさ》に心《こころ》を助《たす》けられたかわからない。
(そんな大切《たいせつ》な友《とも》だちを、犠牲《ぎせい》になんてしてたまるか——)
望《のぞむ》は、ぐっと奥歯《おくば》をかんだ。
(最後《さいご》くらい、俺《おれ》が、翼《つばさ》を助《たす》けるんだ！)
そのとき、翼《つばさ》が望《のぞむ》に気《き》づいた。
パッと明《あか》るい表情《ひょうじょう》になった翼《つばさ》に、望《のぞむ》は声《こえ》のかぎり大《おお》きくさけぶ。

「翼《つばさ》、逃《に》げろーっ！」

そういって、望《のぞむ》は思《おも》いきり左足《ひだりあし》に力《ちから》をいれて、右《みぎ》に大《おお》きくかじをとる。

うしろにせまるハンターの気配《けはい》を感《かん》じながらシンボル展示《てんじ》へ一歩《いっぽ》をふみだし——


ピロリロリン♪

『児玉望《こだまのぞむ》、ミッション2失敗《しっぱい》によりアラーム発動《はつどう》。シンボル展示《てんじ》にて確保《かくほ》。残《のこ》り7人《にん》』

「——えっ、シンボル展示《てんじ》で!?」

望確保《のぞむかくほ》の通知《つうち》を見《み》て、凛《りん》の目《め》が思《おも》わずまるくなった。

絶《た》えず汽笛《きてき》が鳴《な》りつづけているリストウォッチを片手《かたて》でおさえて、「あちゃー」とつぶやく。

それもそのはず。

凛《りん》がいまいる場所《ばしょ》は、シンボル展示《てんじ》を進《すす》んだすぐのエントランスホールなのだ。

建物《たてもの》のなかにいると、反響《はんきょう》で汽笛《きてき》がやけに大《おお》きく響《ひび》く気《き》がする。

外《そと》のほうが少《すこ》しは汽笛《きてき》の音《おと》がまぎれるかと思《おも》っていそいで移動《いどう》していたのだが、まさかすぐそこまでハンターがきているなんて運《うん》が悪《わる》い。

「うーん、でももしかしたらまたイベント広場《ひろば》にもどるかもしれないし、まだわからないものね！」

陽人《はると》が聞《き》いたら「ポジティブすぎだろ」と思《おも》わずつっこみそうなことを考《かんが》えながら、凛《りん》は入館受付《にゅうかんうけつけ》の前《まえ》にきた。

「それにしても汽笛《きてき》がずっと鳴《な》ってるって、私《わたし》が電車《でんしゃ》になったみたいねー！」

なんだか楽《たの》しくなってくる。

軽快《けいかい》な足取《あしど》りで外《そと》にでたそのとき、建物《たてもの》をぐるりとまわってかけてくるハンターの姿《すがた》が目《め》にはいった。

「わっ、やばっ！　外《そと》にもいたのね、ハンター！」

時限《じげん》アラーム発動《はつどう》により、凛《りん》の居場所《いばしょ》はハンターたちに通達《つうたつ》されているのだ。

わき目《め》もふらずに、ハンターは凛《りん》へと直進《ちょくしん》してくる。

まだ距離《きょり》はある――が、ハンターにかかればあっというまだ。

「一回《いっかい》なかにもどって――、って、うそーっ！　こっちからもきたー！」

ミュージアムショップのほうからやってくるのは、もう1体《たい》のハンターだ。

完全《かんぜん》に退路《たいろ》をふさがれてしまった。

「わーっ！　私《わたし》も電車《でんしゃ》みたいに速《はや》かったらよかったのにーっ！」

汽笛《きてき》の音《おと》を響《ひび》かせながら走《はし》る凛《りん》に、２体《たい》のハンターの手《て》がのびる。


ピロリロリン♪

『小清水凛《こしみずりん》、ミッション２失敗《しっぱい》によりアラーム発動《はつどう》。建物《たてもの》の外《そと》にて確保《かくほ》。残《のこ》り６人《にん》』


ゲーム残《のこ》り時間《じかん》27分《ふん》。

賞金額《しょうきんがく》は、現在《げんざい》￥２１６，０００。

逃走者《とうそうしゃ》　残《のこ》り６人《にん》。

逃《とう》走《そう》中《ちゅう》参《さん》加《か》者《しゃ》名《めい》簿《ぼ》
和泉《いずみ》陽人《はると》
白井《しらい》 玲《あきら》
確保《かくほ》
小清水《こしみず》 凜《りん》
確保《かくほ》
佐々木《ささき》 恵太《けいた》
宍戸《ししど》 翼《つばさ》
確保《かくほ》
児玉《こだま》 望《のぞむ》
確保《かくほ》
岡部《おかべ》隼人《はやと》
浅間《あさま》つばめ
土岐《とき》瑞穂《みずほ》
谷川《たにがわ》 鷹《たか》
ゲーム
残《のこ》り時間《じかん》
27:00
賞金額《しょうきんがく》
¥216,000

07
それぞれの決断《けつだん》

陽人《はると》が凛確保《りんかくほ》の通知《つうち》を読《よ》んだのは、２階《かい》の国鉄《こくてつ》バス第《だい》1号車《ごうしゃ》の横《よこ》だった。

「小清水《こしみず》、チケットとれなかったのか！」

ハンターをひき連《つ》れてやってきた望《のぞむ》は、大音量《だいおんりょう》の汽笛《きてき》を鳴《な》りひびかせながら、ハンターを連《つ》れてまた1階《かい》へとおりていってくれたおかげで、陽人《はると》はどうにか隠《かく》れたままやりすごせていた。

だがまさか、凛《りん》までアラームを解除《かいじょ》できていなかったなんて。

「居場所《いばしょ》が通達《つうたつ》されるって書《か》いてあったし、時限《じげん》アラームが発動《はつどう》したらきびしいもんな……」

1階《かい》で確保《かくほ》された望《のぞむ》の汽笛《きてき》の音《おと》も、だいぶ長《なが》く聞《き》こえていた。

これでハンターに居場所《いばしょ》の通達《つうたつ》までされてしまえば、逃《に》げきることは不可能《ふかのう》だ。

くそ、と陽人《はると》が悔《くや》しそうにつぶやいたとき。

ブー！　ブー！　ブー！

とつぜん、タブレットから通知音《つうちおん》が鳴《な》りひびいた。

「な、なんだ!?」

ミッション3の通達《つうたつ》にはまだ早《はや》い。

陽人《はると》はいそいで画面《がめん》のポップアップをタップする。

＜

十《プラス》ミッション

・確保《かくほ》された参加者《さんかしゃ》を復活《ふっかつ》させるミッションだ。
・残《のこ》り時間《じかん》15分《ふん》まで、N《エヌ》700系《けい》のなかに、これまでに確保《かくほ》された参加者《さんかしゃ》を出現《しゅつげん》させる。
・先着《せんちゃく》1名《めい》のみ、復活《ふっかつ》させることができる。
・復活《ふっかつ》させるには、1階新幹線《かいしんかんせん》シミュレータ「N《エヌ》700」に挑戦《ちょうせん》して、運転《うんてん》を成功《せいこう》させる必要《ひつよう》がある。
・シミュレータは、ポーチにはいっている専用《せんよう》コインを使《つか》い、1回《かい》だけ挑戦《ちょうせん》できる。

「復活《ふっかつ》ミッションか！　よし！　ペナルティもないしコインもある！」

これをやらない理由《りゆう》がない。

陽人《はると》はすばやくポーチからコインをとりだした。

マップで位置《いち》を確認《かくにん》すると、新幹線《しんかんせん》シミュレータ「Ｎ《エヌ》７００」にむかって移動《いどう》を開始《かいし》する。

そのころミッションの内容《ないよう》を確認《かくにん》した玲《あきら》も、すぐに参加《さんか》することをきめていた。

理由《りゆう》は同《おな》じだ。ペナルティもなく、凜《りん》が復活《ふっかつ》できる可能性《かのうせい》がある。

しかも先着《せんちゃく》1名《めい》なら、なによりも時間《じかん》の勝負《しょうぶ》となるだろう。

だが、マップを確認《かくにん》していた玲《あきら》に、瑞穂《みずほ》はおどろいて声《こえ》をかけた。

「えっ？　玲《あきら》くん、これやりにいくの？」

「うん！　たいせつな友《とも》だちが捕《つか》まってるからね！」

そういって、玲《あきら》はリストウォッチに目《め》を走《はし》らせる。

（きっと陽人《はると》もくるはずだ。いそがないと……！）

残《のこ》り時間《じかん》は25分《ふん》。

復活《ふっかつ》ミッションの終了《しゅうりょう》までは、たった10分《ぷん》しか時間《じかん》はない。

陽人《はると》と玲《あきら》が先着《せんちゃく》1名《めい》の枠《わく》をねらって、＋《プラス》ミッションに動《うご》きはじめていたころ。

つばめは2階《かい》の映像《えいぞう》シアターにいた。

小《ちい》さな映画館《えいがかん》のようなスクリーンを前《まえ》に、タブレットをひらいたつばめはむずかしそうにまゆをよせる。

「これ……やらないとハンターが増《ふ》えるとか、アラームが鳴《な》るとかじゃないんですのよね……？」

箇条書《かじょうが》きの文面《ぶんめん》を何度《なんど》もしっかりと読《よ》みなおしてみる。

どうやらただの復活《ふっかつ》をかけただけのミッションのようだ。

「なら、やるわけないじゃない！　あぶないですわ！」

ハンターがいつやってくるかもわからないのに、あぶない橋《はし》はわたりたくない。

つばめはフンッと鼻《はな》を鳴《な》らして、イスに深々《ふかぶか》と腰《こし》をおろした。


いっぽう瑞穂《みずほ》は、ミッションをやりにいくべきかどうか悩《なや》んでいた。

「玲《あきら》くんがやるってことは、陽人《はると》くんもやるのかな……？　助《たす》けてもらったし、やっぱウチもいったほうがいいのかな……、でも……」

無事《ぶじ》に新幹線《しんかんせん》シミュレータ「N《エヌ》700」までたどりつけるともかぎらないし、たどりつけたとしても、時間内《じかんない》に合格《ごうかく》できるかもわからない。

残《のこ》り時間《じかん》は24分《ぷん》。

賞金額《しょうきんがく》は252，000円《えん》。

失敗《しっぱい》したら意味《いみ》がないし、ハンターに捕《つか》まったら、この賞金《しょうきん》がゼロになってしまう。

悩《なや》みながらミュージアムショップの近《ちか》くまできた瑞穂《みずほ》は、なかに鷹《たか》がいることに気《き》がついた。

土産物《みやげもの》のなかにおかれた本《ほん》のなかから、真剣《しんけん》な顔《かお》で新幹線《しんかんせん》の本《ほん》を手《て》にした鷹《たか》は、もしかしてミッションをやりにいくのかもしれない。

「ね、ねぇ、ミッションやりにいく？」

だとしたら、瑞穂《みずほ》もやっぱりいったほうがいいだろうか。

おそるおそる声《こえ》をかけると、鷹《たか》はきょとんとした顔《かお》で瑞穂《みずほ》を見《み》た。

「え？　ボクは新幹線《しんかんせん》の運転《うんてん》はできないのでいかないですよ？　きみ、できるんですか？」

「ム、ムリだと思《おも》う！」

「じゃあ、やらないことをおすすめしますね。このミッションはしないほうがいいって、ボクのカンが告《つ》げているので」

右手《みぎて》の人《ひと》さし指《ゆび》を眉間《みけん》にあてる独特《どくとく》のポーズで鷹《たか》がいう。

おかしなポーズに見《み》えるのに、探偵《たんてい》のようなかっこうでいわれると、なんだか説得力《せっとくりょく》があるような気《き》がする。

「……だ、だよね……？」

瑞穂《みずほ》はつぶやくようにそういうと、うん、と小《ちい》さくうなずいた。

（そうだよね、ウチは賞金《しょうきん》ほしいんだし、捕《つか》まったら意味《いみ》ないし……）

瑞穂《みずほ》は旅行《りょこう》にいく資金《しきん》を貯《た》めたいのだ。

２００円《えん》、また２００円《えん》とあがっていく金額《きんがく》を見《み》つめて、瑞穂《みずほ》はきめた。

「ウ、ウチもやらない！　それで、自首《じしゅ》をしようと思《おも》う！」


そのころ翼《つばさ》は、かけこんだ展示車両《てんじしゃりょう》のなかでぼう然《ぜん》と立《た》ちつくしていた。

逃《に》げろ、といわれて思《おも》わず近《ちか》くの車両《しゃりょう》に飛《と》びこんだのはいいが、通《とお》りぬけることができない車《しゃ》内《ない》は、ハンターがくればすぐにでも捕《つか》まってしまう場所《ばしょ》だった。

だけど、ハンターの足音《あしおと》は汽笛《きてき》と一緒《いっしょ》にどんどん遠《とお》ざかって、それからすぐに望《のぞむ》が確保《かくほ》された
という通知《つうち》がとどいたのだ。

(望《のぞむ》が、僕《ぼく》を助《たす》けてくれたんだ……)

あのままま っすぐ進《すす》んでいたら、ハンターは翼《つばさ》にも気《き》づいたはずだ。

そしておそらく、足《あし》の遅《おそ》い翼《つばさ》が先《さき》に捕《つか》まっていた。

そうなったら、そのあいだに望《のぞむ》は遠《とお》くに逃《に》げられたかもしれないのに。

「──こんどは、僕《ぼく》が望《のぞむ》を助《たす》けるんだ！」

決心《けっしん》して、翼《つばさ》は車両《しゃりょう》から飛《と》びだした。

転校《てんこう》がきまってから、望《のぞむ》はずっと落《お》ちこんでいた。

クラスの女子《じょし》たちは「アンニュイ」「かっこいい」などとさわいでいたけれど、ふだんの無口《むくち》
さとはぜんぜんちがう落《お》ちこみようだった。

「もうあえなくなるんだ、とかいうしさぁ」

そういったときの、望《のぞむ》の落《お》ちこんだ表情《ひょうじょう》といったらなかった。

どうにかしてはげましたいと考《かんが》えているうちに、**【逃走中《とうそうちゅう》】**に参加《さんか》させられてしまってのいまだ。

「転校《てんこう》したって友《とも》だちだし、ぜったいあえるし、一緒《いっしょ》に鉄道《てつどう》めぐりだってするし」

そう思《おも》いながらいそいで新幹線《しんかんせん》シミュレータ「N《エヌ》700」にむかっていると、車両《しゃりょう》のあいだから、ハンターが1体歩《たいある》いているのが見《み》えた。

「ひぇっ！」

あわててその場《ば》で動《うご》きを止《と》める。

呼吸《こきゅう》の音《おと》にも気《き》づかれてしまわないかと心配《しんぱい》になって、両手《りょうて》で口《くち》をおさえる。

いまにもハンターが翼《つばさ》に気《き》づいてかけだしそうで、ドキドキと心臓《しんぞう》がうるさくなった。

だけど、さいわいにもハンターは翼《つばさ》に気《き》づかずに、まっすぐ進《すす》んでいってくれた。

「い、いまのうち！」

車両《しゃりょう》に背中《せなか》をあずけたカニ歩《ある》きでいそぎながら、翼《つばさ》は四角《しかく》い屋根《やね》のED《イーディー》18の前《まえ》の部屋《へや》に飛《と》びこんだ。このとなりが新幹線《しんかんせん》シミュレータ「N《エヌ》700」だ。

緊張《きんちょう》しながら部屋《へや》を通《とお》りぬけようとして、

「えぇと――……って、うわぁ、鉄道《てつどう》ジオラマだ！　すごい！」

翼《つばさ》は思《おも》わず歓声《かんせい》をあげてしまった。

街《まち》の風景《ふうけい》や山《やま》なみや、そこに暮《く》らす人《ひと》や車《くるま》や、あらゆるもののミニチュアが部屋《へや》のすみからすみまで広《ひろ》がっている。

「あはは、一寸法師《いっすんぼうし》がいる！　あ、浦島太郎《うらしまたろう》も！」

そのなかにおとぎ話《ばなし》の主人公《しゅじんこう》たちを見《み》つけて、翼《つばさ》は思《おも》わず笑《わら》ってしまった。

うわぁ、うわぁ、と感心《かんしん》しながら見《み》ていた翼《つばさ》は、ハッとして顔《かお》をあげた。

「これ、東京《とうきょう》から大阪《おおさか》までのジオラマなんだ！」

真《ま》ん中《なか》あたりに名古屋《なごや》があって、その中《なか》にはりめぐらされた線路《せんろ》を、新幹線《しんかんせん》がものすごいスピードで右《みぎ》から左《ひだり》から走《はし》っている。

「……うわぁ、こんなすごいジオラマ、望《のぞむ》と見《み》たいなぁ！」

望《のぞむ》もぜったいよろこぶはずだ。

新幹線《しんかんせん》をおいかけてみたが、あっというまにぬかれてしまった。

「あはは、さすが速《はや》いなぁ、新幹線《しんかんせん》！　それに東京《とうきょう》―大阪間《おおさかかん》が30歩《ぽ》くらいでついちゃったよ！」

はずむ息《いき》でそういって、ふと、翼《つばさ》は顔《かお》をあげた。

ミニチュアの新幹線《しんかんせん》が、東京《とうきょう》、名古屋《なごや》、大阪《おおさか》を何度《なんど》も何度《なんど》も行《い》き来《き》している。

「新幹線《しんかんせん》って、本当《ほんとう》にこうやって線路《せんろ》でずっとつながってるんだ……」

あたりまえのことだ。知《し》っていた。

だけど、こうやって全体《ぜんたい》を見《み》ていると、胸《むね》のなかに「つながっている」という実感《じっかん》が、より鮮《せん》明《めい》になってきた。

「……望《のぞむ》は、あえなくなるっていってたけど、僕《ぼく》も、ちょっとそんな気《き》もちになりそうになってたけど、でも、やっぱりそんなことないんだ……！」

離《はな》れていたって、どこにいたって、つながっている。

人《ひと》や物《もの》をつなぐために鉄道《てつどう》が発展《はってん》してきたように、翼《つばさ》と望《のぞむ》の関係《かんけい》だって発展《はってん》していける。

それを望《のぞむ》に伝《つた》えたい。

「ぜったい復活《ふっかつ》させてやるぞぉ！」

あらためてそう決意《けつい》して、翼《つばさ》はぐっと両手《りょうて》を強《つよ》くにぎりしめた。

ゲーム残《のこ》り時間《じかん》23分《ぷん》。
賞金額《しょうきんがく》は、現在《げんざい》￥２６４，０００。
逃走者《とうそうしゃ》　残《のこ》り６人《にん》。

逃《とう》走《そう》中《ちゅう》参《さん》加《か》者《しゃ》名《めい》簿《ぼ》
和泉《いずみ》陽人《はると》
白井《しらい》 玲《あきら》
確保《かくほ》
小清水《こしみず》 凛《りん》
確保《かくほ》
佐々木《ささき》 恵太《けいた》
宍戸《ししど》 翼《つばさ》
確保《かくほ》
児玉《こだま》 望《のぞむ》
確保《かくほ》
岡部《おかべ》隼人《はやと》
浅間《あさま》つばめ
土岐《とき》瑞穂《みずほ》
谷川《たにがわ》 鷹《たか》
ゲーム
残《のこ》り時間《じかん》
23:00
賞金額《しょうきんがく》
¥264,000

08 復活《ふっかつ》のはじまり

鉄道《てつどう》ジオラマのある部屋《へや》から新幹線《しんかんせん》シミュレータ「Ｎ《エヌ》７００」がある部屋《へや》へはすぐ。

翼《つばさ》はドキドキとする心臓《しんぞう》を服《ふく》の上《うえ》からおさえながら息《いき》をととのえる。

いきおいよく飛《と》びだして、ハンターに見《み》つかってしまってはもとも子《こ》もない。

「いそがばまわれっていうもんね……」

ゆっくりゆっくり足音《あしおと》を立《た》てないように移動《いどう》して、顔《かお》だけイベント広場《ひろば》のほうにだしてみる。

亀《かめ》のように首《くび》をのばして確認《かくにん》するが、ハンターの姿《すがた》は見《み》えないようだ。

「よし、動《うご》くならいまだ！」

ほとんど飛《と》びこむようにとなりの部屋《へや》に移動《いどう》する。

本格的《ほんかくてき》な新幹線《しんかんせん》の運転《うんてん》ははじめてだけど、運転《うんてん》のシミュレーションゲームなら小《ちい》さいころからやっている。運転《うんてん》のしかたも本《ほん》で何回《なんかい》も読《よ》んでいるし、動画《どうが》を見《み》て勉強《べんきょう》したこともある。

（きっとだいじょうぶ。できる。僕《ぼく》はできる……！　望《のぞむ》、いま助《たす》けるからね――）

強《つよ》い気《き》もちでシミュレータのなかにはいろうとして、翼《つばさ》は思《おも》わず足《あし》をとめた。

「――えっ、うわ！　もうならんでるぅ!?」

てっきり一番乗《いちばんの》りだと思《おも》っていたのに、運転席《うんてんせき》にはもうすでに陽人《はると》がいて、ハンドルに手《て》をかけている。すぐとなりにならんでいる玲《あきら》も、順番《じゅんばん》をまっているようだ。

「よっし！　いくぞ！」

陽人《はると》のかけ声《ごえ》とともに、新幹線《しんかんせん》の運転席《うんてんせき》から見《み》える景色《けしき》が前《まえ》のスクリーンに映《うつ》った。

出発《しゅっぱつ》のアナウンスが聞《き》こえてくると、スクリーンがゆっくりと動《うご》きだす。

（まって……僕《ぼく》は3番目《ばんめ》で、しかもあの子《こ》たちが先《さき》に成功《せいこう》しちゃったりしたら……）

ドキドキしながら、翼《つばさ》は照明《しょうめい》の落《お》とされた暗《くら》い室内《しつない》で頭《あたま》をかかえる。

＋《プラス》ミッションの残《のこ》り時間《じかん》は、あと7分《ふん》。

シミュレータのスクリーンが見《み》えるギリギリのななめうしろから陽人《はると》の運転《うんてん》の様子《ようす》を盗《ぬす》み見《み》つつ、どうしよう、と泣《な》きたい気《き》もちになってきた。

と、シミュレータから、ピー！　ピー！　ピー！　というけたたましい警告音《けいこくおん》が聞《き》こえてきた。

同時《どうじ》に運転《うんてん》をしていた陽人《はると》が「うわっ！」と声《こえ》をあげる。

スクリーンいっぱいに大《おお》きな赤《あか》いバツ印《じるし》が表示《ひょうじ》されていた。

タブレットにも『**和泉陽人**《いずみはると》**、+**《プラス》**ミッションに挑戦**《ちょうせん》**し失敗**《しっぱい》』という通知《つうち》がとどく。

（えっ？　えっ？　失敗《しっぱい》した？）

どうやら運転開始早々《うんてんかいしそうそう》、スピードを一気《いっき》にあげすぎたようだ。

「くっそー！　加速《かそく》のやりかたむずかしいな！　悪《わる》い、小清水《こしみず》！」

悔《くや》しがりながら席《せき》をおりた陽人《はると》に代《か》わり、玲《あきら》が真剣《しんけん》な顔《かお》で運転席《うんてんせき》に座《すわ》る。

「陽人《はると》は一気《いっき》にハンドルをたおしたんだよね。ということは、最初《さいしょ》はこのくらいのスピードで……」

いいながら加速《かそく》ハンドルをゆっくりとたおす。スクリーンのなかの景色《けしき》は順調《じゅんちょう》に動《うご》きだした。

（あ、うまい！　けど、成功《せいこう》されちゃったら僕《ぼく》の番《ばん》がまわってこない……！）

一瞬素直《いっしゅんすなお》にスタートの成功《せいこう》をよろこんでしまった翼《つばさ》だが、このまま玲《あきら》がうまくいけば、望《のぞむ》を復活《ふっかつ》させてあげられない。

そんな翼《つばさ》の葛藤《かっとう》をよそに、新幹線《しんかんせん》は徐々《じょじょ》に加速《かそく》して、流《なが》れる景色《けしき》も速《はや》くなっていく。

玲《あきら》は、運転台《うんてんだい》の画面《がめん》に表示《ひょうじ》されるガイドを真剣《しんけん》に見《み》つめながら加速《かそく》ハンドルを操作《そうさ》していた。

望《のぞむ》に順番《じゅんばん》がまわってくる確率《かくりつ》は、ものすごく低《ひく》いような気《き》がしてくる。

いっそN《エヌ》700系《けい》に直接《ちょくせつ》いって、望《のぞむ》にあったほうがいいかもしれない――

（いや！　いやいやいやいや！　まだ可能性《かのうせい》はあるんだ！　僕《ぼく》の番《ばん》がきたときのために、しっかり運《うん》転《てん》のやりかたを見《み》ていないと……！）

ぶんぶんと頭《あたま》をふって、翼《つばさ》は画面《がめん》と玲《あきら》の動《うご》きをしっかりと見《み》つめなおした。

運転台《うんてんだい》の右上《みぎうえ》にある制限速度《せいげんそくど》を表《あらわ》す曲線《きょくせん》を、新幹線《しんかんせん》のスピードが超《こ》えそうになる。

（あ、スピード速《はや》くなりすぎてる――）

翼《つばさ》が気《き》づいた曲線《きょくせん》に、玲《あきら》もすぐに気《き》づいたようだった。

ハッとしたように、左手《ひだりて》でブレーキハンドルを手前《てまえ》にひきこむ。

（あっ！　そっちじゃない――）

思《おも》わず翼《つばさ》が身《み》を乗《の》りだしそうになったと同時《どうじ》に、新幹線《しんかんせん》のスピードが一気《いっき》に落《お》ちた。

「えっ!?　あれ、なんで!?」

運転中《うんてんちゅう》に急《きゅう》ブレーキがかかってしまった新幹線《しんかんせん》のスクリーンが前《まえ》のめりになって停車《ていしゃ》する。

あわてた玲《あきら》がブレーキハンドルをもどすがおそい。

画面《がめん》には大《おお》きな赤《あか》いバツ印《じるし》。**『白井玲《しらいあきら》、＋《プラス》ミッションに挑戦《ちょうせん》し失敗《しっぱい》』**という通知《つうち》がとどく。

これで、陽人《はると》と玲《あきら》は凛《りん》を復活《ふっかつ》させることができなくなった。

「む、むずかしいねこれ……！」

「だろ……、リフティング１００回《かい》つづけるほうがぜったいかんたんだよな……」

絶望《ぜつぼう》の表情《ひょうじょう》でそういった陽人《はると》は、ふと、画面《がめん》に反射《はんしゃ》して映《うつ》りこんだ翼《つばさ》に気《き》づいた。

あわててふりかえると翼《つばさ》に軽《かる》く手《て》をあげる。

「悪《わる》い！　ミッションやるんだよな」

「え？　あ、ごめん！　すぐどくね！」

＋《プラス》ミッションの残《のこ》り時間《じかん》はあと5分《ふん》だ。

いそいで席《せき》をゆずってくれた陽人《はると》たちは、くちぐちに「がんばれよ！」「がんばってね！」といって、車両展示《しゃりょうてんじ》へとさっていってしまった。

「よ、よし……やるぞ……！」

残《のこ》された翼《つばさ》が席《せき》に座《すわ》ると、スクリーンがまた明《あか》るくなって、運転席《うんてんせき》から見《み》える景色《けしき》にかわる。

リアルな景色《けしき》が映《うつ》しだされて、本当《ほんとう》に新幹線《しんかんせん》の運転士《うんてんし》になれた気《き》になる。

乗降《じょうこう》ドアのしまる音《おと》がして、出発《しゅっぱつ》のブザーが聞《き》こえた。

「――いよいよ出発《しゅっぱつ》だ……」

翼《つばさ》はごくりとのどを鳴《な》らして、左手《ひだりて》でブレーキハンドルを手前《てまえ》にひく。

直後《ちょくご》に右手《みぎて》で加速《かそく》ハンドルをゆっくりとたおした。

動《うご》きだした新幹線《しんかんせん》に表示《ひょうじ》された制限速度《せいげんそくど》の表示画面《ひょうじがめん》を見《み》ながら加速《かそく》していく。

「よし、よし……」

カーブや下《くだ》り坂《ざか》があらわれるたびにスピードを微調整《びちょうせい》する翼《つばさ》の手《て》は、汗《あせ》でぐっしょりとぬれていた。

本物《ほんもの》の新幹線《しんかんせん》の運転士《うんてんし》は、乗客《じょうきゃく》の命《いのち》を乗《の》せている。

新幹線《しんかんせん》シミュレータの運転士《うんてんし》である翼《つばさ》は、望《のぞむ》の復活《ふっかつ》をその手《て》に乗《の》せて運転《うんてん》している。

「もう、少《すこ》し……っ」

前方《ぜんぽう》に終着駅《しゅうちゃくえき》が見《み》えてきた。

「て、停止線《ていしせん》ギリギリで止《と》まれるように、ブレーキハンドルを調整《ちょうせい》して――……」

流《なが》れる景色《けしき》で感《かん》じるスピードと、画面《がめん》に表示《ひょうじ》された数値《すうち》のスピードを考《かんが》えながら、左手《ひだりて》でブレーキハンドルをひいて、もどして、調整《ちょうせい》していく。

＋《プラス》ミッションの残《のこ》り時間《じかん》は、あと3分《ぷん》をきっていた。

「あわてない……あわてちゃダメだ……」

自分自身《じぶんじしん》にいいきかせるようにつぶやきながら、ブレーキハンドルをひいていく。

新幹線《しんかんせん》はゆっくりゆっくり速度《そくど》を落《お》として――

停車位置《ていしゃいち》をしめすオレンジ色《いろ》のひし形《がた》に黒《くろ》いバツ印《じるし》のついた位置《いち》でしっかりと止《と》まった。

ブー！　ブー！　ブー！

『宍戸翼《ししどつばさ》、＋《プラス》ミッション成功《せいこう》。復活《ふっかつ》させる参加《さんか》者《しゃ》を選択《せんたく》せよ』

思《おも》わず呼吸《こきゅう》を忘《わす》れそうになっていた翼《つばさ》は、タブレットにとどいた文字《もじ》を読《よ》んで、一気《いっき》に力《ちから》がぬけた。モニターに確保《かくほ》された参加者《さんかしゃ》の顔写真《かおじゃしん》が表示《ひょうじ》される。

「や、やった……、僕《ぼく》、やった……」

こみあげてきた涙《なみだ》を腕《うで》でこすって、翼《つばさ》はぐっと顔《かお》をあげた。

人《ひと》さし指《ゆび》で望《のぞむ》の顔写真《かおじゃしん》を力強《ちからづよ》くタップする。

「望《のぞむ》の復活《ふっかつ》を希望《きぼう》します！」

時間《じかん》は少《すこ》しさかのぼり。

＋《プラス》ミッションが全員《ぜんいん》のタブレットに通知《つうち》されたとき、外《そと》に展示《てんじ》されたＮ《エヌ》７００系《けい》のなかで、凛《りん》は悔《くや》しそうにほおをふくらませていた。

全員《ぜんいん》が座《すわ》る車両《しゃりょう》の前方《ぜんぽう》に、新幹線《しんかんせん》シミュレータ「Ｎ《エヌ》７００」の画像《がぞう》が映《うつ》ったスクリーンがうかんでいる。

「新幹線《しんかんせん》シミュレータ、私《わたし》もやってみたかったー！」

自分《じぶん》が復活《ふっかつ》できるかどうかよりも、ミッションの内容《ないよう》そのものに興味《きょうみ》があったようだ。

凛《りん》の言葉《ことば》に、恵太《けいた》もうんうんと同意《どうい》する。

「だよなぁ！　俺《おれ》がめっちゃ華麗《かれい》な運転《うんてん》スキル見《み》せつけて、全員復活《ぜんいんふっかつ》させるヒーローになれる見《み》せ場《ば》だってのに……！　あ、でもみんなが俺《おれ》を復活《ふっかつ》させるためにがんばってくれるっていうのも、ヒーローだからだよな。いやぁ、まいったな。みんな、俺《おれ》のためにありがとう！」

どこからそんな自信《じしん》がわいてくるのか、全員《ぜんいん》が自分《じぶん》を助《たす》けるためにミッションに参加《さんか》すると恵《けい》太《た》は本気《ほんき》で思《おも》っているようだ。

「俺《おれ》のために、みんなっ！　ありがとう！」

モニターにはだれも映《うつ》っていないのに、見《み》えないだれかに手《て》をふっている。

だが時間《じかん》が経過《けいか》してもミッション成功《せいこう》の通知《つうち》はいっこうにとどかない。

「あ、あれぇ……？　おっかしいな？　みんな、俺《おれ》はここだぞー！」

「こらこら！　なんでみんな挑戦《ちょうせん》しないんだ!?　こういうときこそ団結《だんけつ》して、仲間《なかま》のために率先《そっせん》してやらないとだな――」

ソワソワしてきた恵太《けいた》の横《よこ》で、隼人《はやと》が拳《こぶし》をにぎって立《た》ちあがる。

運動会《うんどうかい》に熱《あつ》くなる体育会系《たいいくかいけい》の興奮《こうふん》のしかただ。

望《のぞむ》はふたりの様子《ようす》を目《め》のはしでちらりと見《み》ながら、心《こころ》のなかでため息《いき》をついた。

（そんなことといったって、ハンターに見《み》つからないように逃《に》げるのだって大変《たいへん》じゃないか。見《み》つかるリスクをおかしてまで助《たす》けようとするわけない……）

そう思《おも》ったとき、モニターに陽人《はると》と玲《あきら》の姿《すがた》が映《うつ》った。

「あ、陽人《はると》！　がんばれー！」

パッと表情《ひょうじょう》をかがやかせた凛《りん》の応援《おうえん》もとどかず、ミッション失敗《しっぱい》の通知《つうち》がとどく。

つぎに挑戦《ちょうせん》したらしい玲《あきら》も、もう少《すこ》しというところで失敗《しっぱい》してしまった。

「玲《あきら》もざんねーん！　でも楽《たの》しそうでうらやましー！」

友《とも》だちだろうふたりの失敗《しっぱい》に、なぜか笑顔《えがお》でいった凛《りん》は、本気《ほんき》でそう思《おも》っているようだった。

（なんでそんな感想《かんそう》になるんだ……？）

望《のぞむ》にはちょっとわからない。

あきれながらモニターに視線《しせん》をやって、そこに映《うつ》った翼《つばさ》の姿《すがた》に思《おも》わず立《た》ちあがった。

「なんで――」

思《おも》わずつぶやきながら、食《く》いいるように見《み》つめる先《さき》で、翼《つばさ》は真剣《しんけん》そのものの顔《かお》で新幹線《しんかんせん》シミュレータ「Ｎ《エヌ》７００」を運転《うんてん》していく。

ミッション終了《しゅうりょう》まであと２分《ふん》とせまったとき、新幹線《しんかんせん》はホームにゆっくりと停車《ていしゃ》した。

Ｎ《エヌ》７００系《けい》にいた参加者《さんかしゃ》たちからいっせいに歓声《かんせい》があがる。

「すごーい！　翼《つばさ》くん、さすがねー！」

「おおお！　いいぞいいぞ！　ありがとう、俺《おれ》のために！」

「感動《かんどう》した！　感動《かんどう》をありがとう！」

三者三様《さんしゃさんよう》の感想《かんそう》をよそに、翼《つばさ》が復活《ふっかつ》に選《えら》んだのはもちろん望《のぞむ》だ。

『望《のぞむ》の復活《ふっかつ》を希望《きぼう》します！』

迷《まよ》いのない宣言《せんげん》と、キラキラした瞳《ひとみ》の翼《つばさ》がモニターに大《おお》きく映《うつ》しだされた。

おどろきすぎて声《こえ》のでない望《のぞむ》に代《か》わり、恵太《けいた》が両《りょう》ひざをついて天《てん》をあおぐ。

「名前《なまえ》も顔写真《かおじゃしん》もまちがえてますやーん！　俺《おれ》はそっちじゃないですのぉぉん！」

ピロリロリン♪

『復活《ふっかつ》ミッションにより、児玉望《こだまのぞむ》、復活《ふっかつ》』

恵太《けいた》のさけびもむなしく全員《ぜんいん》のタブレットに復活者《ふっかつしゃ》の名前《なまえ》が表示《ひょうじ》される。

望《のぞむ》以外《いがい》の子《こ》どもたちは、N《エヌ》７００系《けい》の車内《しゃない》からあとかたもなく姿《すがた》を消《け》したのだった。

ゲーム残《のこ》り時間《じかん》17分《ふん》。

賞金額《しょうきんがく》は、現在《げんざい》¥３３６，０００。

逃走者《とうそうしゃ》　残《のこ》り７人《にん》。

逃《とう》走《そう》中《ちゅう》参《さん》加《か》者《しゃ》名《めい》簿《ぼ》
和泉《いずみ》陽人《はると》
白井《しらい》 玲《あきら》
確保《かくほ》
小清水《こしみず》 凛《りん》
確保《かくほ》
佐々木《ささき》 恵太《けいた》
宍戸《ししど》 翼《つばさ》
復《ふっ》活《かつ》
児玉《こだま》 望《のぞむ》
確保《かくほ》
岡部《おかべ》隼人《はやと》
浅間《あさま》つばめ
土岐《とき》瑞穂《みずほ》
谷川《たにがわ》 鷹《たか》
ゲーム
残《のこ》り時間《じかん》
17:00
賞金額《しょうきんがく》
¥336,000

09

逃《に》げる勇《ゆう》気《き》、自《じ》首《しゅ》する勇《ゆう》気《き》

復活《ふっかつ》の＋《プラス》ミッションから少《すこ》しして。

「望《のぞむ》、よかったー！」

「翼《つばさ》！」

ハンターに見《み》つからないようにエリア内《ない》を移動《いどう》して、翼《つばさ》と望《のぞむ》は2階《かい》の歴史展示室《れきしてんじしつ》で再会《さいかい》をはたすことができていた。

満面《まんめん》の笑《え》みで飛《と》びついてきた翼《つばさ》の顔《かお》を見《み》た瞬間《しゅんかん》、望《のぞむ》はちょっと泣《な》きそうになる。

いまはこんなに近《ちか》くにいて、話《はなし》だってできているのに、転校《てんこう》してしまったら、翼《つばさ》にはもう二度《にど》と会《あ》えなくなってしまうのだ。

「望《のぞむ》？　どうかした？　あ、ごめん！　いたかった!?」

あわてて離《はな》れた翼《つばさ》に首《くび》を横《よこ》にふって、望《のぞむ》はズッと鼻水《はなみず》をすすった。

「……助《たす》けてくれて、ありがとな。だけど、翼《つばさ》が危険《きけん》をおかすことなかったのに――」

もし翼《つばさ》がハンターに捕《つか》まってしまっていたら、望《のぞむ》は自分《じぶん》がゆるせなかったところだ。

だけど翼《つばさ》はニコッと笑顔《えがお》で望《のぞむ》を見《み》た。

「だって、そのまえに望《のぞむ》だって僕《ぼく》を助《たす》けてくれたじゃないか」

「そんなの――、俺《おれ》のほうが、先《さき》に、翼《つばさ》に助《たす》けてもらってたんだし――」

翼《つばさ》が声《こえ》をかけてくれたから、友《とも》だちになってくれたから、好《す》きなものを好《す》きだといってもいいんだと態度《たいど》で教《おし》えてくれたから――

であってから、どれだけ助《たす》けられたかわからない。

思《おも》い出《で》があとからあとからあふれてきて、胸《むね》がつまって言葉《ことば》がでない。

ぐっと唇《くちびる》をかんで下《した》をむいた望《のぞむ》に、翼《つばさ》は眼鏡《めがね》の奥《おく》の目《め》をきょとんとまたたいた。

「んーと……？　僕《ぼく》が先《さき》に助《たす》けたっていうのはよくわからないんだけど……」

こまったように人《ひと》さし指《ゆび》で口《くち》もとをかくと、「あのさ」といいながら望《のぞむ》の顔《かお》をのぞきこんできた。

「僕《ぼく》たち親友《しんゆう》でしょ？　どっちが先《さき》とかじゃなくてさ、親友《しんゆう》がこまってたら助《たす》けるよ。そんなのあたりまえだよ」

「え――……」

思《おも》いもよらないキラキラとした言葉《ことば》が、望《のぞむ》の心《こころ》にまっすぐに飛《と》びこんでくる。

もうすぐ望《のぞむ》は転校《てんこう》してしまうのに。

会《あ》えなくなるのに。

そんなことをいってくれたら、ますますわかれがつらくなってきてしまう――

「どこにいたって、助《たす》けるからね。――あ、ほら、これ見《み》て！」

そう思《おも》ってしまった望《のぞむ》の前《まえ》で、翼《つばさ》はポンッと手《て》をうった。

ぐいっと望《のぞむ》の手《て》をひいて歴史展示室《れきしてんじしつ》の壁《かべ》にかかげられた『新幹線《しんかんせん》の歴史《れきし》』パネルの前《まえ》にいく。

バッと手《て》を広《ひろ》げると、満面《まんめん》の笑《え》みでふりかえる。

「昔《むかし》は新橋《しんばし》から新大阪《しんおおさか》まで19時間《じかん》もかかってたんだよ。それがいまじゃ、東京《とうきょう》から新大阪《しんおおさか》までたったの2時間《じかん》21分《ぷん》なんだ！」

「う、うん……？」

ふたりにとっては当《あ》たり前《まえ》の新幹線知識《しんかんせんちしき》を披露《ひろう》する翼《つばさ》に、望《のぞむ》は曖昧《あいまい》にうなずいた。

それがどうしたというんだろう。

首《くび》をかしげる望《のぞむ》に、翼《つばさ》がぐいっと距離《きょり》をつめる。

「だからね！　もしかしたらさ、僕《ぼく》たちが大人《おとな》になるころにはもっと速《はや》くなってさ、30分《ぷん》くらいの距離《きょり》になってるかもしれないでしょ？　そしたらさ、僕《ぼく》と望《のぞむ》がどこにいたって、いまよりもっとずっと、会《あ》えるようになるかもなんだよ！　だからさ――」

翼《つばさ》が早口《はやくち》で話《はな》しつづける。

「あ、それからさっきね、この部屋《へや》の下《した》に鉄道《てつどう》ジオラマがあったんだ。すごいんだよ。東京《とうきょう》から新大阪《しんおおさか》までたったの30歩《ぽ》になってた！　ね！　ほら、それを考《かんが》えたら、望《のぞむ》が転校《てんこう》したって、ぜんぜんたいしたことないんだよ！」

「翼《つばさ》……」

ジオラマと実際《じっさい》の距離《きょり》はぜんぜんちがう。

だけど、翼《つばさ》がいいたいことは伝《つた》わってきた。

ぐっと唇《くちびる》をかみしめた望《のぞむ》に、翼《つばさ》は真剣《しんけん》な目《め》をむける。

「距離《きょり》じゃないんだ。僕《ぼく》たちはずっと親友《しんゆう》なんだ。どこにいたってつながってるんだ」

「うん……、うん」

「それにさ、僕《ぼく》は運転士《うんてんし》になるし、望《のぞむ》は整備士《せいびし》になるんだよ。そしたら僕《ぼく》たち、大人《おとな》になっても仕事《しごと》も一緒《いっしょ》にできちゃうよ！」

明《あか》るい将来《しょうらい》をまっすぐに宣言《せんげん》されて、望《のぞむ》も大《おお》きくうなずいた。

そうだ。ここで終《お》わりじゃないんだ。

自分《じぶん》たちの未来《みらい》につながる線路《せんろ》は、ここからどこまでもつづいている。

「翼《つばさ》、俺《おれ》——」

涙《なみだ》にうるんだ目《め》をごしごしとこすって顔《かお》をあげた望《のぞむ》の耳《みみ》に、ふいに、だれかの足音《あしおと》が聞《き》こえた。

「——だれか、くる」

「ひぇっ!? ハ、ハンター!?」

「しっ！ 確認《かくにん》するから、翼《つばさ》はそっちの出口《でぐち》で合図《あいず》をまて——」

ひらひらと手《て》で合図《あいず》をおくり、望《のぞむ》はそぉっと様子《ようす》をうかがうために首《くび》をのばした。


そのころ瑞穂《みずほ》は、自首用電話《じしゅようでんわ》をさがして1階《かい》を歩《ある》いていた。

賞金額《しょうきんがく》は300，000円《えん》をとうに超《こ》えて、こうしているあいだにも、200円《えん》、また200円《えん》とあがっている。

「うは〜……すんごい金額《きんがく》。見《み》たことないや……、って、いやいやいや！ もうじゅうぶん！

これだけあったらじいちゃんたちと旅行《りょこう》いける！」

どんどんあがっていく金額《きんがく》にゆれそうになった心《こころ》をおしとどめて、瑞穂《みずほ》はタブレットをとりだした。マップを開《ひら》いて確認《かくにん》しながらフロアをすすむ。

と、そのとき、車両《しゃりょう》をはさんで歩《ある》いてきた陽人《はると》と、思《おも》いきりぶつかってしまった。

「ひゃぁぁっ！」

「うわっ！　びっくりした――って、声《こえ》！　デカい！」

ハンターかと勘《かん》ちがいして悲鳴《ひめい》をあげた瑞穂《みずほ》に、陽人《はると》があわてて人《ひと》さし指《ゆび》を口《くち》の前《まえ》に立《た》てて見《み》せる。瑞穂《みずほ》はハッとしたように、自分《じぶん》の口《くち》を両手《りょうて》でふさいだ。

「ほ、ほへん……！」

おさえすぎてよくわからない言葉《ことば》はたぶん「ごめん」だ。

陽人《はると》のうしろから、玲《あきら》がくすくすと笑《わら》いながら姿《すがた》を見《み》せた。

「陽人《はると》も声《こえ》が大《おお》きかったよ――って、ハンターがいる！　隠《かく》れて！」

「マジか！」

「わわわっ！」

玲《あきら》の誘導《ゆうどう》で、３人《にん》は近《ちか》くの車両《しゃりょう》に飛《と》びこんだ。

タイミングがよかったらしい。ハンターは少《すこ》しおくれて陽人《はると》たちがいた場所《ばしょ》に顔《かお》をむけたが、姿《すがた》をとらえることはできなかったようだ。そのままますぐいってしまった。

「いったか……？」

「みたいだね」

「よ、よかった〜……」

小声《こごえ》で確認《かくにん》したふたりの会話《かいわ》を聞《き》きながら、瑞穂《みずほ》はへたりこみそうになる。

せっかくここまで賞金《しょうきん》がたまってきているのに、捕《つか》まったらパーになってしまうところだった。

「はやく自首《じしゅ》しないと……」

もうこんな緊張感《きんちょうかん》のあるゲームはやめにしたい。

ため息《いき》をつきながらつぶやくと、陽人《はると》が心底《しんそこ》ふしぎそうに首《くび》をかしげて瑞穂《みずほ》を見《み》た。

「自首《じしゅ》？　あと少《すこ》しなのに、最後《さいご》までやらないのか？」

「ムリムリムリ！　だって、最後《さいご》のミッションだってまだ残《のこ》ってるよね!?　ウチ、できる気《き》がしないもん。もうこれだけお金《かね》もらえたらじゅーぶんっ！　旅行資金《りょこうしきん》貯《た》めたかっただけだから、これでいいの！」

ぶんぶんと顔《かお》の前《まえ》で両手《りょうて》をふる。

「ホントは大《おお》きくなって仕事《しごと》して、それで、お金《かね》貯《た》めて、じいちゃんたちと一緒《いっしょ》に旅行《りょこう》できたらなって思《おも》ってたんだけど、こんなチャンスがもらえたんだもん。これでじゅーぶん。あんまり欲《よく》ばると、バチがあたっちゃいそうだしね」

えへへ、とてれくさそうに笑《わら》いながら、瑞穂《みずほ》は帽子《ぼうし》の上《うえ》から頭《あたま》をかいた。

「ウチ、両親《りょうしん》いなくてさ。じいちゃんとばあちゃんがずっとウチのこと育《そだ》ててくれてて。だから少《すこ》しでも親孝行《おやこうこう》――あ、じじばば孝行《こうこう》？　したいんだよね！」

明《あか》るい声《こえ》でそういうと、瑞穂《みずほ》は「よぉっし」と自分《じぶん》に気合《きあ》いをいれて両手《りょうて》で自分《じぶん》の顔《かお》をおさえる。

「ウチ、いくね！」

「ちょっとまった！」

かけだそうとした瑞穂《みずほ》の腕《うで》を、陽人《はると》がパッと捕《つか》まえた。

おどろいてふりかえると、タブレットに視線《しせん》を落《お》とした玲《あきら》が口早《くちばや》に聞《き》いてくる。

「自首用電話《じしゅようでんわ》はふたつあるけど、どっちにいくかはきめてる？」

「え？　いや、それはまだだけど……」

「玲《あきら》、どうだ？」

真剣《しんけん》な表情《ひょうじょう》でマップを見《み》つめているらしい玲《あきら》は、陽人《はると》の声《こえ》に顔《かお》をあげた。

「自首用電話《じしゅようでんわ》のある場所《ばしょ》だけど、ひとつは1階《かい》の展示車両《てんじしゃりょう》のなかで、もうひとつは外《そと》のここ――ケ90の横《よこ》だよね。ハンターに見《み》つかる可能性《かのうせい》が高《たか》いのは外《そと》だと思《おも》うんだ」

屋外展示《おくがいてんじ》をしめしながら、玲《あきら》は持論《じろん》を展開《てんかい》する。

「いま僕《ぼく》たちがいる場所《ばしょ》はここで、さっき見《み》えたハンターはたぶんこの区画《くかく》をまわってる。もしほかのハンターがすでに屋外展示《おくがいてんじ》のほうにいたらはさまれるしね」

「な、なるほど……！」

そこまで考《かんが》えていなかった瑞穂《みずほ》は、玲《あきら》の分析《ぶんせき》にただただ感心《かんしん》してしまった。

となりで「なるほどな」とうなずいていた陽人《はると》が、屋内《おくない》の位置《いち》を指《ゆび》でさす。

「じゃあ距離的《きょりてき》にも、1階《かい》の300系《けい》のなかにある自首用電話《じしゅようでんわ》のほうが、成功《せいこう》する可能性《かのうせい》は高《たか》いってことだな」

「うん。ハンターが確実《かくじつ》に車両《しゃりょう》から離《はな》れているときになかにはいることができたら、いけると思《おも》う」

「よし、それなら――」

陽人《はると》と玲《あきら》はなれた様子《ようす》で会話《かいわ》をすすめる。

それからチラリと視線《しせん》をかわすと、ニッと笑《わら》った。

状況《じょうきょう》がのみこめない瑞穂《みずほ》に、ふたりは同時《どうじ》に顔《かお》をむけて。

「そこまで一緒《いっしょ》にいこうぜ」

「人《ひと》の目《め》は多《おお》いほうが安心《あんしん》だもんね」

「え!?　い、いいの!?」

まさかの申《もう》し出《で》に、思《おも》わず声《こえ》が大《おお》きくなる。

あわてた陽人《はると》に、シィッというジェスチャーをされて、瑞穂《みずほ》はあわてて口《くち》をふさいだ。


同《おな》じころ、鷹《たか》はひとりで、まだミュージアムショップのなかにいた。

あれから一度《いちど》もハンターの姿《すがた》は見《み》ていない。

「うん。なかなかいい感《かん》じな予感《よかん》がします」

ゆっくりとミュージアムショップを見《み》てまわりながら、鷹《たか》はリストウォッチを確認《かくにん》した。

残《のこ》り時間《じかん》はあと16分《ぷん》になろうとしている。

「ミッションは、あとひとつ、ある……」

鷹《たか》はふむふむとうなずいて、蝶《ちょう》ネクタイをきゅっとととのえる。

それからなにもない天井《てんじょう》を見《み》あげて、目《め》を閉《と》じるとぽそりとつぶやいた。

「ボクの直感《ちょっかん》が、いまのうちに、ここから逃《に》げろといっている……ような気《き》がします」

なにかを感《かん》じとっているかのように両手《りょうて》をひろげて、鷹《たか》は大《おお》きく深呼吸《しんこきゅう》する。

鷹《たか》は昔《むかし》から妙《みょう》にカンが冴《さ》えている――と、自分《じぶん》で思《おも》っている。

遠《とお》くに見《み》える信号機《しんごうき》が青《あお》に変《か》わりそうだなと思《おも》えば、それから数秒《すうびょう》で本当《ほんとう》に青《あお》に変《か》わることがよくあるし、夕食《ゆうしょく》はカレーな気《き》がすると思《おも》った日《ひ》は、カレーのことがおおい気《き》がする。

偶然《ぐうぜん》だという人《ひと》もいるけど、鷹《たか》は自分《じぶん》には特殊《とくしゅ》な第六感《だいろっかん》がそなわっているんだと信《しん》じていた。

(いまも昔《むかし》も、有名《ゆうめい》な探偵《たんてい》はみんな「ハッ！」と犯人《はんにん》の気配《けはい》を感《かん》じとれることがおおいですしね。ボクにもそういう直感《ちょっかん》がそなわってしまっている……)

大好《だいす》きな探偵漫画《たんていまんが》を思《おも》いうかべながら、しみじみとそう思《おも》う。

「さぁ、このまま直感《ちょっかん》にしたがっていきますか」

エントランスにむかって歩《ある》きだしながら、鷹《たか》はタブレットをとりだした。

マップをひらいて、建物《たてもの》の外《そと》を確認《かくにん》する。

「特《とく》になにもおかしなものはなさそうですね。ひとまず時間《じかん》いっぱい外《そと》の空気《くうき》を堪能《たんのう》して、カン

を研《と》ぎすましていれば、い、ぃ……？」

自動《じどう》ドアのエントランスをぬけ、外《そと》に1歩《ぽ》ふみだしたそのとき。

鷹《たか》の背中《せなか》に急《きゅう》にぞくっと悪寒《おかん》が走《はし》った。

ハッとしてふりかえれば、ミュージアムショップのほうからやってきたハンターの姿《すがた》がはっきりと見《み》えた。

「やっぱり――、ボクのカンは正《ただ》しかった――！」

あのままミュージアムショップにいたら、いまごろ捕《つか》まっていたはずだ。

安心《あんしん》したのも束《つか》の間《ま》、鷹《たか》に気《き》づいたハンターは、ものすごい速《はや》さでかけだした。

「うっ！　わっ！」

鷹《たか》もいままでにないくらいの機敏《きびん》な動作《どうさ》で走《はし》りだす。

ハンターは弾丸《だんがん》のようなスピードでせまってくるが、先《さき》に仮想《かそう》・リニア・鉄道館《てつどうかん》の壁《かべ》をまわりこめば、隠《かく》れられる場所《ばしょ》があるかもしれない。

「ハッ！　むこうに、なにか、ある気《き》が、する……！」

直感《ちょっかん》が鷹《たか》にそう告《つ》げたときだった。

壁《かべ》のむこうからもう1体《たい》、べつのハンターがあらわれた。

鷹《たか》に気《き》づいたハンターが、ダッとこちらにむかって一直線《いっちょくせん》に走《はし》りだす。

ある意味《いみ》、なにかはあったのだ。

鷹《たか》にとっていいものか悪《わる》いものかの直感《ちょっかん》がはたらかなかっただけで。

「や、やっぱり、ボクのカンは、冴《さ》えている——……！」

どこにも逃《に》げ場《ば》のなくなった鷹《たか》に、前《まえ》からうしろからハンターの長《なが》い手《て》がかかる。


ピロリロリン♪

『谷川鷹《たにがわたか》、仮想《かそう》・リニア・鉄道館《てつどうかん》の外《そと》、壁沿《かべぞ》いにて確保《かくほ》。残《のこ》り6人《にん》』

「だ、だれか捕《つか》まった!?　それともミッション!?」

とどいた通知《つうち》をあわてて確認《かくにん》しようとした瑞穂《みずほ》を、陽人《はると》と玲《あきら》がやめさせる。

「いいから、ほら、あそこだぞ！」

「だいじょうぶ、最後《さいご》のミッションまであと1分近《ぷんちか》くもある！」

つづけざまにそういわれ、瑞穂《みずほ》はタブレットをとりだそうとした手《て》を止《と》めた。

陽人《はると》の指《ゆび》さすほうに視線《しせん》をやると、つるんとした白《しろ》い顔《かお》の３００系新幹線《けいしんかんせん》がある。

このなかに、めざす自首用電話《じしゅようでんわ》があるのだ。

かけだそうとした瑞穂《みずほ》を、玲《あきら》の手《て》がおしとめた。

「まって。あそこにハンターがいる」

玲《あきら》の視線《しせん》の先《さき》を追《お》うと、ちょうど３００系新幹線《けいしんかんせん》の反対側《はんたいがわ》を歩《ある》いているハンターがいる。

「見《み》つかっちゃう……っ」

「あきらめるな！　まだだいじょうぶだ！」

ふるえる声《こえ》で弱音《よわね》をはいた瑞穂《みずほ》を、陽人《はると》がすぐにはげました。

玲《あきら》も息《いき》をひそめて様子《ようす》をうかがい、ハンターが通《とお》りすぎたのを見計《みはか》らって、陽人《はると》に目線《めせん》で合図《あいず》をおくる。

「いまだ！」

その瞬間《しゅんかん》、陽人《はると》は瑞穂《みずほ》の背中《せなか》をおした。

「がんばって！」

玲《あきら》の応援《おうえん》の声《こえ》も聞《き》こえる。

瑞穂《みずほ》はその声《こえ》におされるようにして、新幹線《しんかんせん》に飛《と》びこんだ。

（ありがとう……っ、ありがとう！）

心《こころ》のなかで何度《なんど》もふたりにお礼《れい》をいいながら、瑞穂《みずほ》は車内《しゃない》をぐるりと見《み》まわす。

と、薄《うす》いブラウンの座席《ざせき》が整然《せいぜん》とならんでいるなかに、透明《とうめい》のボックスがおかれている場所《ばしょ》があった。なかに電話《でんわ》がおいてある。

「あったー！」

瑞穂《みずほ》はつんのめりそうになりながら、自首用電話《じしゅようでんわ》の受話器《じゅわき》をあげた。

ピロリロリン♪

『土岐瑞穂《ときみずほ》、自首成功《じしゅせいこう》。獲得賞金《かくとくしょうきん》348，000円《えん》。残《のこ》り5人《にん》』

「あいつ、やったな！」

「うん！　よかった！」

瑞穂《みずほ》の自首成功《じしゅせいこう》の通知《つうち》を読《よ》んだ陽人《はると》と玲《あきら》が、両手《りょうて》をパチンとあわせてから少《すこ》しして。

ブー！　ブー！　ブー！

タブレットに、最後《さいご》のミッションを知《し》らせる通知《つうち》がとどいた。

ゲーム残《のこ》り時間《じかん》15分《ふん》。
賞金額《しょうきんがく》は、現在《げんざい》￥360，000。
逃走者《とうそうしゃ》　残《のこ》り5人《にん》。

逃《とう》走《そう》中《ちゅう》参《さん》加《か》者《しゃ》名《めい》簿《ぼ》
和泉陽人《いずみはると》
白井《しらい》 玲《あきら》
確保《かくほ》
小清水《こしみず》 凜《りん》
確保《かくほ》
佐々木《ささき》 恵太《けいた》
宍戸《ししど》 翼《つばさ》
復活《ふっかつ》
児玉《こだま》 望《のぞむ》
確保《かくほ》
岡部隼人《おかべはやと》
浅間《あさま》つばめ
自首《じしゅ》成功《せいこう》
土岐瑞穂《ときみずほ》
確保《かくほ》
谷川《たにがわ》 鷹《たか》
ゲーム
残《のこ》り時間《じかん》
15:00
賞金額《しょうきんがく》
¥360,000

10 力《ちから》をあわせてきりぬけろ！

ミッションの通知音《つうちおん》を聞《き》いてすぐ、陽人《はると》と玲《あきら》はポップアップをタップする。
逃走終了《とうそうしゅうりょう》まで、残《のこ》り時間《じかん》は15分《ふん》だ。

く

ミッション3

・残《のこ》り時間《じかん》が5分《ふん》になると、あらたにハンターが3体放出《たいほうしゅつ》される。
・阻止《そし》するには、「超電導《ちょうでんどう》リニア展示室《てんじしつ》」にあるミニシアターを体験《たいけん》して、車窓《しゃそう》を流《なが》れる景色《けしき》に隠《かく》された文字《もじ》をつなげて、四字熟語《よじじゅくご》を完成《かんせい》させる必要《ひつよう》がある。
・完成《かんせい》した四字熟語《よじじゅくご》は、イベント広場《ひろば》0系新幹線《けいしんかんせん》の前《まえ》に出現《しゅつげん》した解答《かいとう》ボックスに入力《にゅうりょく》せよ。
・なお、挑戦《ちょうせん》は1度《ど》きりである。

「ハンター3体放出《たいほうしゅつ》!? あと10分《ぷん》だな！ いくよな、玲《あきら》！」

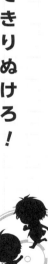

「もちろん！　でもこれ、なんだか書《か》きかたがおかしいな……」

いうなり動《うご》きだした陽人《はると》にならびながら、玲《あきら》は真剣《しんけん》な表情《ひょうじょう》でメールの内容《ないよう》を何度《なんど》も読《よ》みかえした。なんだか気《き》になる文面《ぶんめん》だ。

(挑戦《ちょうせん》は1度《ど》きり……、いつもなら、ひとり1回《かい》とか、そういう書《か》きかただったよね……)

「玲《あきら》、あそこだ！　いまならハンターもいない！　やれるぞ！」

見《み》えてきた展示室《てんじしつ》のなかにはいると、まだほかの参加者《さんかしゃ》もきていないようだった。

青《あお》と白《しろ》で統一《とういつ》された「超電導《ちょうでんどう》リニア展示室《てんじしつ》」の一角《いっかく》に、リニア走行《そうこう》を体験《たいけん》できるミニシアターがあった。

なかをのぞくと、通路《つうろ》をはさんで2席《せき》ずつならんだ座席《ざせき》が4列《れつ》ある。

その前方《ぜんぽう》にはモニターがあって、座席《ざせき》の横《よこ》には窓《まど》もあった。

「すごいな、これ。リニアの座席《ざせき》になってるのか」

ミッションをはじめたら、この車窓《しゃそう》に風景《ふうけい》の映像《えいぞう》が流《なが》れるようだ。

ふだん試合《しあい》でめまぐるしく動《うご》くサッカーボールを追《お》いかけている陽人《はると》には、流《なが》れる景色《けしき》のなかから文字《もじ》を見《み》つけられる自信《じしん》がある。

「よし、早速《さっそく》はじめようぜ！」

「陽人《はると》、まった！」

「うぉっ!?」

腕《うで》まくりしながら席《せき》にすわろうとした陽人《はると》を、玲《あきら》があわててうしろにひく。

「なんだよ。時間《じかん》もそんなに残《のこ》ってないんだから早《はや》くやらないと！」

「でもこれ、変《へん》だと思《おも》わない？　このミッション、挑戦《ちょうせん》は1度《ど》きりって書《か》いてあるんだ」

「ん〜……？」

いわれてメールを読《よ》みなおしてみたけれど、陽人《はると》にはさっぱりわからない。

けれど玲《あきら》が変《へん》だというのなら、きっと理由《りゆう》があるはずだ。

「右《みぎ》と左《ひだり》にそれぞれ窓《まど》があって、文字《もじ》をつなげて四字熟語《よじじゅくご》を完成《かんせい》させろってことは、文字《もじ》は4つあるはずだよね。どこから文字《もじ》が見《み》えるかわからないってことはさ——」

「あ！　そうか！　人数《にんずう》が多《おお》いほうが有利《ゆうり》になるってことか！」

陽人《はると》は思《おも》わず髪《かみ》をかきまわしたくなってしまった。

1度《ど》きりしか参加《さんか》できないミッションで、いまここにいるのは陽人《はると》と玲《あきら》のふたりだけ。

たったふたりでは、流《なが》れてくる4つの文字《もじ》をすべて見《み》つけられるか心《こころ》もとない。

「失敗《しっぱい》したらハンターが3体増《たいふ》えるから、残《のこ》り5分《ふん》は合計《ごうけい》6体《たい》になるってことだよな……」

「うん。ぜったいに失敗《しっぱい》できないミッションだ。だから――」

ごくりとのどをならす陽人《はると》に、玲《あきら》はビッと人《ひと》さし指《ゆび》を立《た》てる。

「ギリギリまで、ここでミッションをしにきてくれるひとを待《ま》とう！」


超電導《ちょうでんどう》リニア展示室《てんじしつ》で、陽人《はると》と玲《あきら》が最善策《さいぜんさく》を考《かんが》えていたとき。

つばめは「ぜったいにいかない」とかたい決意《けつい》をかためていた。

ハンターがいませんように、と祈《いの》りながら、つばめは階段《かいだん》をのぼって2階《かい》に移動《いどう》する。

「ここからならハンターの動《うご》きもよく見《み》えるはずですのよね」

もしも見《み》つかったら逃《に》げればいいのだ。

下《した》にいて、いつ遭遇《そうぐう》するかとビクビクしているよりもずっとマシだ。

「わざわざこの私《わたし》が危険《きけん》をおかしにいかなくても、ほかのやりたいかたがやればいいのですもの」

これまでのミッションだってそれでどうにかできている。

今回《こんかい》だってそれでいい。

センターデッキをわたらずに、奥《おく》のデッキにきたつばめは、ならんだ深緑色《ふかみどりいろ》のシートに目《め》をかがやかせてかけよった。

「——あら。ちょうどいい席《せき》がありましたわ！」

ひらりとゆれるスカートを手《て》でおさえながら優雅《ゆうが》に座《すわ》る。

「こちらで待《ま》たせていただきますわね」


ちょうどそのころ、いそいでやってきた翼《つばさ》と望《のぞむ》は、ミニシアターに到着《とうちゃく》していた。

「あれ!?　もうやっちゃった!?」

「いいや、まだだ！　きてくれてサンキューな！」

参加者《さんかしゃ》の到着《とうちゃく》をいまかいまかとまっていた陽人《はると》が、玲《あきら》の提案《ていあん》を説明《せつめい》する。

と、翼《つばさ》は大《おお》きな目《め》をぱちぱちとまたたきながら玲《あきら》を見《み》た。

「あったまいいなぁ〜。僕《ぼく》、そんなことまで考《かんが》えてなかったよ。ね、望《のぞむ》」

「あ、あぁ」

とつぜん話《はなし》をふられてつっかえてしまった望《のぞむ》を気《き》にもせず、玲《あきら》を褒《ほ》められた陽人《はると》がなぜか自慢《じまん》げに胸《むね》をそらしている。

だがミッション3の残《のこ》り時間《じかん》まであと6分《ぷん》とせまっていた。

これからミニシアターを体験《たいけん》して四字熟語《よじじゅくご》を完成《かんせい》させても、解答《かいとう》ボックスに入力《にゅうりょく》しないといけないのだ。

本当《ほんとう》は残《のこ》っている全員《ぜんいん》でミッションをやりたいと玲《あきら》は思《おも》っていた。

だけど、つばめの姿《すがた》はどこにも見《み》えない。

連絡《れんらく》をしてみようかとも思《おも》ったが、そんな時間《じかん》ももったいない。

「よし、この4人《にん》で挑戦《ちょうせん》しよう！」

玲《あきら》のかけ声《ごえ》を合図《あいず》に、陽人《はると》と翼《つばさ》、そして望《のぞむ》はしっかりと顔《かお》を見《み》あわせた。

それぞれが右《みぎ》と左《ひだり》にわかれて座席《ざせき》に腰《こし》をおろしたとたん、パッとモニターに風景《ふうけい》がうつった。

同時《どうじ》に窓《まど》にも景色《けしき》が映《うつ》る。

「あっ！　出発《しゅっぱつ》した！」

ゆっくりと風景《ふうけい》が動《うご》きはじめ、あっというまにスピードをあげて流《なが》れるようにうしろに消《き》える。

「みんな、しっかり窓《まど》を見《み》てて！　どこかに文字《もじ》がでるはずだから！」

「ああ、わかってる！」

車窓《しゃそう》にはりつくようにして、陽人《はると》は声《こえ》をはりあげた。

朝《あさ》の明《あか》るい日《ひ》の光《ひかり》がキラキラとかがやく景色《けしき》はまぶしい。

前《まえ》の席《せき》に座《すわ》る翼《つばさ》が、「うわぁっ」と気《き》のぬけた悲鳴《ひめい》をあげた。

「なんか、見《み》えるかも!?　えぇえ、でもぜんぜんわかる気《き》がしないよ～！」

景色《けしき》はすごいいきおいで流《なが》れていってしまうのだ。

リニアの最高記録《さいこうきろく》は時速《じそく》５００キロを超《こ》えている。

こんなのムリだと翼《つばさ》があきらめかけたそのとき、うしろの席《せき》で陽人《はると》が声《こえ》をあげた。

「見《み》えた！『月』と――『進』！」

「ひぇっ！　見《み》えるの!?」

ものすごく動体視力《どうたいしりょく》がいいのかもしれない。思《おも》わず望《のぞむ》のほうを見《み》てしまったら、反対側《はんたいがわ》の座席《ざせき》にすわった望《のぞむ》もおどろいたように陽人《はると》を見《み》ていた。

窓《まど》からは完全《かんぜん》に目《め》を離《はな》している。

「わーっ！　望《のぞむ》！　窓《まど》！　窓《まど》ぉっ！」

翼《つばさ》にいわれて気《き》づいた望《のぞむ》が、あわてて窓《まど》の外《そと》を見《み》た。

風景《ふうけい》のなかを、文字《もじ》が、びゅんっといきおいよく流《なが》れていく。

「う、うわ――っ、ええと、あっ、たぶん、『日』かも……！」

「ひぇっ！　望《のぞむ》も見《み》えたの!?　すごいなぁ！」

「あとひとつ――、僕《ぼく》も見《み》えた！　『歩』だ！」

ミニシアターが映《うつ》す景色《けしき》は、夕方《ゆうがた》のまぶしさから夜《よる》に時間《じかん》が移《うつ》っているようで、車窓《しゃそう》が暗闇《くらやみ》につつまれていく。

完全《かんぜん》に停止《ていし》すると、４人《にん》はいそいで部屋《へや》をでた。

残《のこ》り時間《じかん》はあと5分《ふん》をすぎたところだ。

「俺《おれ》が見《み》えたのが『月』と『進』で、玲《あきら》のほうは『歩』、児玉《こだま》が『日』だったよな」

「うん。これならかんたんだね」

安心《あんしん》して肩《かた》の力《ちから》をぬいた玲《あきら》に、陽人《はると》だけが眉間《みけん》にシワをよせて考《かんが》えこんでいる。

「……なんだ？　月進歩《つきしんぽ》……日《ひ》？　月《つき》が進歩《しんぽ》する日《ひ》なんて熟語《じゅくご》あったか……？」

ぶつぶつと口《くち》のなかで漢字《かんじ》をならべかえているらしい陽人《はると》の肩《かた》を、玲《あきら》があきらめたようにやさしくたたいた。

「だいじょうぶだよ、陽人《はると》。陽人《はると》以外《いがい》は全員《ぜんいん》わかってるから」

「えっ!?　こたえはなんだったんだ!?」

ミッションのこたえは『日進月歩《にっしんげっぽ》』――さすがに翼《つばさ》と望《のぞむ》もすぐにわかった。

意味《いみ》は「日《ひ》に月《つき》に、絶《た》え間《ま》なく、進歩《しんぽ》すること」。

ふたりの大好《だいす》きな鉄道《てつどう》が日々進化《ひびしんか》していることをあらわしているかのような四字熟語《よじじゅくご》だ。

「へー……なんかスケールの大《おお》きそうな熟語《じゅくご》だな」

けれどこたえを教《おし》えてもらった陽人《はると》は、たぶん意味《いみ》がわかっていない。

月《つき》と日《ひ》という漢字《かんじ》から、大《おお》きいものを想像《そうぞう》したのだろうとわかる感想《かんそう》に、翼《つばさ》は無言《むごん》で望《のぞむ》を見《み》てしまった。望《のぞむ》も翼《つばさ》に助《たす》けを求《もと》めるような視線《しせん》をむける。

そろそろ入力《にゅうりょく》をしにいかないと、と思《おも》った翼《つばさ》がふたりに声《こえ》をかけようとしたとき、望《のぞむ》がぴくりとなにかに反応《はんのう》して横《よこ》を見《み》た。

「ハ、ハンターがいる！　あそこ！　こっちにくる！」

「ひぇっ!?　いま!?　入力《にゅうりょく》しなきゃいけないのに!?」

ミッション終了《しゅうりょう》まで残《のこ》り3分《ぷん》になってしまった。

ハンターに追《お》いかけられながら、入力《にゅうりょく》しないといけないなんてハードルが高《たか》すぎる。

翼《つばさ》たちが青《あお》ざめたそのとき、陽人《はると》と玲《あきら》がふたりの前《まえ》にでた。

「ハンターはこっちでひきつける！」

「うん！　だからふたりは入力《にゅうりょく》をおねがいできるかな！」

いうなりふたりは、同時《どうじ》にハンターの前《まえ》にとびだした。

ふたりを視界《しかい》にとらえたハンターが、はじかれたように動《うご》きだす。

あまりの恐怖《きょうふ》に展示室《てんじしつ》に逃《に》げこんだ翼《つばさ》たちは、ハンターのセンサーにひっかからないでいられたようだ。あっというまに通《とお》りすぎていったハンターと、追《お》われる陽人《はると》たちの足音《あしおと》がどんどん遠《とお》くなっていく。

ミッションの残《のこ》り時間《じかん》はあと２分《ふん》。

「い、いこう！　望《のぞむ》！」

「あ、ああ！」

自分《じぶん》たちをおとりにしてまで逃《に》がしてくれた陽人《はると》たちのためにも、ミッションは成功《せいこう》させないと。

翼《つばさ》と望《のぞむ》はいそいで超電導《ちょうでんどう》リニア展示室《てんじしつ》をでる。

ハンターたちは、展示車両《てんじしゃりょう》を左《ひだり》にまがった。だから翼《つばさ》たちは反対側《はんたいがわ》にいけばいい。

ぐずぐずしていたら陽人《はると》たちがひきつけてくれたハンターが、こっちにきてしまうかもしれないし、ほかのハンターに見《み》つかってしまうかもしれない。

できるだけ足音《あしおと》を立《た》てないように早足《はやあし》でイベント広場《ひろば》へとむかえば、0系新幹線《けいしんかんせん》の前《まえ》に大《おお》きな解答《かいとう》ボックスがおかれていた。

「あった！　これだ！」

「こたえは『日進月歩《にっしんげっぽ》』！」

望《のぞむ》が慣《な》れた手《て》つきで入力《にゅうりょく》し、翼《つばさ》が送信《そうしん》ボタンを力《ちから》いっぱい押《お》しこんでやる。


ピロリロリン♪

『宍戸翼《ししどつばさ》、児玉望《こだまのぞむ》の活躍《かつやく》により、四字熟語《よじじゅくご》の完成《かんせい》に成功《せいこう》。ミッション3クリア』


通知《つうち》を満足《まんぞく》げに読《よ》みおえたつばめは、座席《ざせき》にふかぶかと腰《こし》かけてほくそえんでいた。

やはり思《おも》ったとおりの結末《けつまつ》になった。

「ほぉら、ね！　なんとかなりましたのよ！」

人間《にんげん》、適材適所《てきざいてきしょ》なのだ。働《はたら》くべき人《ひと》がきちんと身《み》を粉《こ》にして働《はたら》いてくれれば、つばめはゆったり優雅《ゆうが》な時間《じかん》をすごすことができる。

「でも、ちゃんと感謝《かんしゃ》はさせていただきますわ」

ふふん、と鼻《はな》を鳴《な》らしながら長《なが》い髪《かみ》をうしろに流《なが》す。

ミッション3クリアの通知《つうち》に、つばめはうかれすぎていた。

だから、エリア内《ない》にはハンターがまだ3体《たい》いることも、そのハンターが階段《かいだん》をのぼってくるかもしれないということも、すっかり忘《わす》れてしまっていたのだ。

「さ、ゲームの残《のこ》り時間《じかん》はあとどれくらいだったかしら」

お嬢《じょう》さま然《ぜん》としたエレガントな動《うご》きでリストウォッチを見《み》ようと腕《うで》をもちあげる。

ふと、視界《しかい》のはしで、黒《くろ》い影《かげ》が動《うご》いた気《き》がした。

つられたように目《め》だけでそちらを確認《かくにん》して、

「――きゃっ！」

つばめは座席《ざせき》からころげ落《お》ちそうになりながら立《た》ちあがった。

国鉄《こくてつ》バス第《だい》1号車近《ごうしゃちか》くの階段《かいだん》をのぼってきたらしいハンターがつばめを発見《はっけん》。狙《ねら》いをさだめる。

「いやぁぁぁっ！」
悲鳴《ひめい》をあげてつばめも必死《ひっし》で逃《に》げだした。
この先《さき》にあるのはデリカステーションだったはず。
そこまでいけたなら、椅子《いす》やテーブルを盾《たて》に時間《じかん》をかせげるかもしれない。
けれどハンターの足《あし》は速《はや》い。ものすごく速《はや》い。
つばめがたどりつくより先《さき》に、ハンターの手《て》はしっかりとつばめを捕《つか》まえた。

ピロリロリン♪

『浅間《あさま》つばめ、デリカステーション前《まえ》にて確保《かくほ》。残《のこ》り４人《にん》』

ゲーム残《のこ》り時間《じかん》５分《ふん》。
賞金額《しょうきんがく》は、現在《げんざい》￥５１０，０００。
逃走者《とうそうしゃ》　残《のこ》り４人《にん》。

逃《とう》走《そう》中《ちゅう》参《さん》加《か》者《しゃ》名《めい》簿《ぼ》
和泉陽人《いずみはると》
白井《しらい》 玲《あきら》
確保《かくほ》
小清水《こしみず》 凛《りん》
確保《かくほ》
佐々木《ささき》 恵太《けいた》
宍戸《ししど》 翼《つばさ》
復《ふっ》活《かつ》
児玉《こだま》 望《のぞむ》
確保《かくほ》
岡部隼人《おかべはやと》
確保《かくほ》
浅間《あさま》つばめ
自《じ》首《しゅ》
成《せい》功《こう》
土岐瑞穂《ときみずほ》
確保《かくほ》
谷川《たにがわ》 鷹《たか》
ゲーム
残《のこ》り時間《じかん》
5:00
賞金額《しょうきんがく》
¥510,000

11 「あきらめない」は勝利《しょうり》の条件《じょうけん》

その通知音《つうちおん》が聞《き》こえたとき、陽人《はると》と玲《あきら》は離《はな》れ離《ばな》れになっていた。
(まさか、いまの通知《つうち》、玲《あきら》じゃないよな……!?)
ハンターをひきつけるために飛《と》びだした陽人《はると》のうしろにハンターはいない。
おそらく途中《とちゅう》でわかれた玲《あきら》がターゲットになってしまったのだろう。
ドキドキしながらタブレットをひらく。が、確保《かくほ》されたのはつばめのようだ。
「よかった……、よし、あと5分《ふん》、どうやって逃《に》げきるか考《かんが》えなきゃだよな」
陽人《はると》はホッと息《いき》をつくと、車列《しゃれつ》のあいだからそっと周囲《しゅうい》を見《み》まわしてみる。
いま陽人《はると》がいる場所《ばしょ》は、1階車両展示《かいしゃりょうてんじ》のちょうどまんなかあたり。
「2階《かい》のデッキは見晴《みは》らしよかったんだけどな」
だがついさっきつばめが確保《かくほ》されたのも2階《かい》だから、移動《いどう》するのは危険《きけん》すぎる。
玲《あきら》を追《お》っているハンター1体《たい》はおそらく同《おな》じ1階《かい》にいて、2階《かい》にも1体《たい》。

「2階《かい》のハンターがおりてきたら、ちょっと危険《きけん》だよな……いっそ外《そと》にでるか！」

陽人《はると》は残《のこ》り時間《じかん》を確認《かくにん》する。

リストウォッチに表示《ひょうじ》された時間《じかん》はあと4分《ふん》30秒《びょう》。

いつでも走《はし》りだせるように、爪先《つまさき》に体重《たいじゅう》をかけながら移動《いどう》を開始《かいし》する。

イベント広場《ひろば》までできた陽人《はると》は、そこで少《すこ》し足《あし》をとめた。

「シンボル展示側《てんじがわ》からいくか、退館《たいかん》ゲートを通《とお》ってミュージアムショップからいくか……」

ここから外《そと》にいくには、この2つのルートしかない。

どちらも出口《でぐち》はひとつだから、ハンターが前《まえ》からむかってきたらアウトになる。

「……やっぱりここにいたほうがいいか？」

こんなとき、玲《あきら》だったらどのルートを選《えら》ぶだろう。

と、そのとき、屋外展示《おくがいてんじ》とつながる出入《でい》り口《ぐち》から、ぬっとハンターがあらわれた。

「――ウ、ソだろ！　そっちにもいたのかよ!?」

イベント広場《ひろば》に立《た》っていた陽人《はると》は、確実《かくじつ》にハンターの視界《しかい》にとらえられている。

あわてて反対側《はんたいがわ》に逃《に》げだして、つきあたりの階段《かいだん》をかけあがる。

「2階《かい》のハンターがいたのはデリカステーションのところだったよな……！」

あれから少《すこ》し時間《じかん》はたっている。

つばめを捕《つか》まえたハンターが同《おな》じ場所《ばしょ》にいるとは思《おも》えないし、国鉄《こくてつ》バス第《だい》1号車《ごうしゃ》のほうにいっていてくれれば距離《きょり》もある。もし、在来線《ざいらいせん》エリア側《がわ》の通路《つうろ》にいたら、センターデッキを走《はし》りぬけて反対側《はんたいがわ》の階段《かいだん》からおりれば、逃《に》げきれる可能性《かのうせい》はある。

そう考《かんが》えた陽人《はると》は知《し》らなかった。

ハンターが、デリカステーションをでたのち、映像《えいぞう》シアターへと移動《いどう》して、座席《ざせき》のあいだを1列《れつ》ずつ機械的《きかいてき》にさがし歩《ある》いていたことを。

ダダダダッと階段《かいだん》をかけあがり、息《いき》つくまもなく顔《かお》をあげた陽人《はると》は、すぐ横《よこ》の映像《えいぞう》シアターからでてきたハンターとばっちり顔《かお》をあわせてしまった。

「――マジかー！　なんでまだこっちにいるんだよ!?」

その場《ば》で飛《と》びはねるように方向転換《ほうこうてんかん》するけれど、ハンターとの距離《きょり》は近《ちか》い。近《ちか》すぎだ。

必死《ひっし》に手足《てあし》をふりぬいて逃《に》げる陽人《はると》との距離《きょり》は、無情《むじょう》にもすぐにつめられて。

ピロリロリン♪

『和泉陽人《いずみはると》、歴史展示室前《れきしてんじしつまえ》にて確保《かくほ》。残《のこ》り3人《にん》』


「くっそ……っ、なかなかハンターをふりきれない！」

ちょうどそのとき、玲《あきら》はとどいた通知《つうち》をひらくこともできず、必死《ひっし》で逃《に》げまわっていた。

ハンターに追《お》いつかれないようにとギリギリのところで車両《しゃりょう》のなかを通《とお》ったり、車体《しゃたい》に隠《かく》れたりしているのだが、整然《せいぜん》とならんだ車列《しゃれつ》では、隠《かく》れつづけるのは困難《こんなん》だ。

「うしろに1体《たい》、2階《かい》に1体《たい》……、ここでハンターの視界《しかい》からはずれるのはむずかしいかな——」

やはり外《そと》にいくべきだ。

玲《あきら》はイベント広場《ひろば》を風《かぜ》のようにかけぬけて、シンボル展示《てんじ》へとむかう。

室内《しつない》にはいると、すぐ横《よこ》の7段《だん》の階段《かいだん》をとびこえて、超電導《ちょうでんどう》リニアの車内《しゃない》にはいった。

なかの壁《かべ》にはりつくようにして呼吸《こきゅう》をととのえる。

少《すこ》しおくれてシンボル展示《てんじ》にやってきたハンターは、玲《あきら》の姿《すがた》を見《み》うしなったようだ。

（よし、いいぞ……）

残《のこ》り時間《じかん》は3分《ぷん》ジャスト。賞金額《しょうきんがく》は546，000円《えん》。

（あとちょっとだ……）

階段《かいだん》をのぼったハンターが頭《あたま》を左右《さゆう》にふって確認《かくにん》してから歩《ある》きだす。

窓《まど》に映《うつ》るその様子《ようす》を目《め》で追《お》いながらホッと息《いき》をついた瞬間《しゅんかん》、ハンターがぴたりと立《た》ちどまった。

その場《ば》でふたたび首《くび》をふる。

「やばっ――」

とっさに頭《あたま》をひっこめた玲《あきら》の動《うご》きが、ハンターの視界《しかい》にはいってしまった。

超電導《ちょうでんどう》リニアに飛《と》びこんでくるハンターといれちがいに飛《と》びだして、玲《あきら》はがむしゃらに逃《に》げる。

だがハンターもすぐにそのあとを追《お》ってくる。

ここまできたら、シンボル展示《てんじ》でふりきるのは不可能《ふかのう》だ。

955形《がた》新幹線試験電車《しんかんせんしけんでんしゃ》とのあいだをぬけて、めざすはエントランスホールしかない。

「一瞬《いっしゅん》でも、視界《しかい》から隠《かく》れることができれば、いける、かな……!?」

ハンターとの距離《きょり》をふりかえってたしかめるよゆうなんてない。

これでもかというくらい全力《ぜんりょく》で手足《てあし》を動《うご》かしながら前《まえ》を見《み》る。

つきあたりをほとんど直角《ちょっかく》に折《お》れて左《ひだり》にまがる。

そのすぐあとを、全速力《ぜんそくりょく》でせまるハンターがぐんぐん距離《きょり》をつめてくる。

「くっそーっ！」

エントランスをぬけようとした玲《あきら》の肩《かた》に、ハンターの手《て》がかけられた。


ピロリロリン♪

『白井《しらい》玲《あきら》、エントランスホール付近《ふきん》にて確保《かくほ》。残《のこ》り2人《ふたり》』


残《のこ》り時間《じかん》はあと2分《ふん》。

つぎつぎととどく確保通知《かくほつうち》の音《おと》を聞《き》いていた翼《つばさ》と望《のぞむ》は、その少《すこ》し前《まえ》に退館《たいかん》ゲートをぬけて、外《そと》にでることに成功《せいこう》していた。

建物《たてもの》のなかにひそんでいるより、開放感《かいほうかん》のある外《そと》のほうが、少《すこ》しでも空気《くうき》がおいしい気《き》がする。

「ひぇっ……、玲《あきら》くん、エントランスホールで捕《つか》まったって！　僕《ぼく》たち間一髪《かんいっぱつ》だったね！」

「──え、いや、でもそれって……」

よかったー、とほおをゆるませながら自分《じぶん》を見《み》あげる翼《つばさ》の言葉《ことば》に、望《のぞむ》は首《くび》をひねる。

仮想《かそう》・リニア・鉄道館《てつどうかん》の前面《ぜんめん》は、ほとんどガラスでできている。

そーっとふりむいてみた望《のぞむ》は、ガラス一枚《いちまい》をへだててこちらに顔《かお》をむけたハンターを見《み》つけて息《いき》をのんだ。

望《のぞむ》たちを視界《しかい》にとらえたハンターが、はじかれたように地面《じめん》を蹴《け》る。

「翼《つばさ》！　俺《おれ》たち見《み》つかった！」

「ひぇ!?　あ、あ、あれって、玲《あきら》くんを捕《つか》まえたハンター!?」

「たぶん！」

舗装《ほそう》の道《みち》を越《こ》えて、木陰《こかげ》におかれたベンチまできた。

だがハンターは自動《じどう》ドアをぬけると、さらにスピードをあげてふたりにせまってくる。

「の、望《のぞむ》、も、もう、僕《ぼく》、ダメだぁ……っ」

必死《ひっし》に走《はし》っていた翼《つばさ》が、じょじょにうしろにさがりはじめた。

「翼《つばさ》！　だいじょうぶだから！」

「僕《ぼく》、そもそも、足《あし》、おそい、から……」

ハァハァと息《いき》がずいぶんあがっている。

腕《うで》をつかんでひっぱろうとふんばる望《のぞむ》の目《め》に、無表情《むひょうじょう》のハンターが映《うつ》る。

まったく息《いき》を乱《みだ》していないのがブキミで怖《こわ》い。

残《のこ》り時間《じかん》はあと1分《ぷん》。

「望《のぞむ》、先《さき》に、いって……！」

「でも――」

「僕《ぼく》、いまは、さ――っ、新幹線《しんかんせん》みたいに速《はや》く走《はし》れない、けど、望《のぞむ》が逃《に》げられるように、最後《さいご》までがんばる、から……っ！」

走《はし》っていたせいでズレた眼鏡《めがね》をなおして、翼《つばさ》がにこっと笑顔《えがお》になった。

それからうしろをふりかえり、ハンターにむかってかけだしていく。

「翼《つばさ》!?」

「望《のぞむ》ぅぅ！　あとでまたあおうねぇ！　僕《ぼく》たちの夢《ゆめ》の鉄道《てつどう》めぐり、ぜったい、あきらめちゃダメだよぉぉ！」

両手《りょうて》をぐるんぐるんとふりまわしながら、ドタドタとひどいフォームで翼《つばさ》はハンターにアピールしているようだ。二手《ふたて》にわかれた望《のぞむ》たちから、むかってくる翼《つばさ》にターゲットを移《うつ》したハンターは、すぐに方向《ほうこう》を転換《てんかん》した。

望《のぞむ》は助《たす》けにいきたくなるのをグッとこらえて、背中《せなか》をむけた。


ピロリロリン♪

『宍戸翼《ししどつばさ》、仮想《かそう》・リニア・鉄道館前《てつどうかんまえ》にて確保《かくほ》。残《のこ》り1人《ひとり》』


翼《つばさ》が消《き》えた場所《ばしょ》に立《た》つハンターが、すぐに顔《かお》をあげた。

黒《くろ》いサングラスには、逃《に》げる望《のぞむ》の背中《せなか》が映《うつ》しだされている。

「翼《つばさ》、俺《おれ》、俺《おれ》——っ」

ぜったいにあきらめるなといった翼《つばさ》の言葉《ことば》を胸《むね》にだいて、望《のぞむ》は走《はし》った。

うしろにハンターがせまる気配《けはい》を感《かん》じるけれど、前《まえ》だけ見《み》て、一生懸命《いっしょうけんめい》手足《てあし》を動《うご》かす。

なるべくハンターをかく乱《らん》させようと、木《き》のあいだをジグザグに走《はし》って、望《のぞむ》は屋外展示《おくがいてんじ》の横《よこ》にでた。

「もう、少《すこ》し……っ」

フェンスにかこまれた場所《ばしょ》にあるのは、一度《いちど》捕《つか》まった望《のぞむ》が復活《ふっかつ》するときにいれられていた鼻《はな》が長《なが》いN《エヌ》700系新幹線《けいしんかんせん》。

残《のこ》り時間《じかん》はあと15秒《びょう》。


あずまやをすぎて、舗装《ほそう》の道《みち》からふたたび芝生《しばふ》の上《うえ》にいく。

「翼《つばさ》が、また、助《たす》けてくれたんだ……っ」

だから、最後《さいご》までぜったいに逃《に》げきらないとダメだ。

最後《さいご》の力《ちから》をふりしぼるように、望《のぞむ》は歯《は》を食《く》いしばって顔《かお》をあげる。


あと10秒《びょう》。


「はぁっ、はぁっ、はぁっ！」

足《あし》を強《つよ》くふみこみすぎて、くずれそうになったバランスをどうにかなおしてまた走《はし》る。

ハンターの足音《あしおと》は、自分《じぶん》の心臓《しんぞう》と呼吸《こきゅう》の音《おと》でもう聞《き》こえない。

あと8秒《びょう》。


望《のぞむ》はうしろを見《み》ないでひたすら走《はし》る。

呼吸《こきゅう》が苦《くる》しくて痛《いた》いくらいだけど、走《はし》る。

「逃《に》げきって、賞金《しょうきん》もらって、それで、それで――……っ」

ふたりで大好《だいす》きな鉄道《てつどう》めぐりの旅《たび》をするんだ。


あと4秒《びょう》。


どこまでもつづいていそうな青空《あおぞら》からそそぐ太陽《たいよう》の光《ひかり》が、仮想《かそう》・リニア・鉄道館《てつどうかん》の屋根《やね》に反射《はんしゃ》して、道《みち》をきらきらとかがやかせている。

「うわあぁぁぁあっ！」

望《のぞむ》は全身《ぜんしん》の力《ちから》をだしきるように空《そら》にむかって大声《おおごえ》でさけんだ。

ちぎれそうなほど腕《うで》をふって、足《あし》をあげる。

3、2、1――

いまにも追《お》いつきそうなハンターの長《なが》い手《て》が、ゆっくりとその背《せ》にのばされて――

ピロリロリン♪

『ゲーム終了《しゅうりょう》。逃走成功者《とうそうせいこうしゃ》1名《めい》。児玉望《こだまのぞむ》。獲得賞金《かくとくしょうきん》¥600,000』

月《つき》にあるクロノス社《しゃ》の研究室《けんきゅうしつ》。

ゲームマスターの月村《つきむら》サトシは、逃走成功者《とうそうせいこうしゃ》の顔写真《かおじゃしん》が大《おお》きく映《うつ》しだされたモニターをスライドさせて、逃走《とうそう》エリアのマップへときり替《か》えた。

特《とく》にいりくんだ形状《けいじょう》の場所《ばしょ》ではなく、ひとつひとつが整頓《せいとん》された区画《くかく》にしっかりとわかれているエリア。

(予想《よそう》どおり——とはならなかったか……)

見《み》た目《め》の表情《ひょうじょう》には変化《へんか》のないままに、月村《つきむら》はエリアを再確認《さいかくにん》する。

これまでとくらべ、格段《かくだん》に逃《に》げにくいと思《おも》われる構造《こうぞう》を選《えら》んだのはわざとだった。

(逃《に》げにくく、隠《かく》れにくい場所《ばしょ》で逃走《とうそう》するとなれば、もう少《すこ》し仲間《なかま》を裏切《うらぎ》る参加者《さんかしゃ》があらわれるものかと思《おも》っていたが——)

相手《あいて》をおとしいれてでもハンターから逃《のが》れたいと思《おも》う子《こ》どもがほとんどいなかったのは、月村《つきむら》の誤算《ごさん》だ。

陽人《はると》と玲《あきら》は、ほかの参加者《さんかしゃ》の自首《じしゅ》を助《たす》けるために危険《きけん》をかえりみず動《うご》いていたし、凛《りん》も自分《じぶん》をオトリにしてでもミッションをクリアさせようと率先《そっせん》して動《うご》いていた。

ままならない条件下《じょうけんか》にあっても、与《あた》えられた環境《かんきょう》にめげず、解決《かいけつ》しようと前《まえ》をむく。

「おもしろい結果《けっか》ではありましたけど、今回《こんかい》はちょっとミッションがかんたんすぎたかもしれないですね」

ふと、同《おな》じ室内《しつない》にいた部下《ぶか》が、手《て》もとのデータを見《み》ながら月村《つきむら》に話《はな》しかけてきた。

なにもこたえないでいる月村《つきむら》を見《み》もせずにつづける。

「さらにむずかしい状況《じょうきょう》にさらされて、どうしようもない現実《げんじつ》をつきつけられたとき、絶望《ぜつぼう》した子《こ》どもたちはどうなっちゃうんですかね」

どうしようもない現実《げんじつ》をつきつけられたとき――

「そうだな」

月村《つきむら》は、ほんのわずかに口《くち》のはしをもちあげた。

よくよく観察《かんさつ》しなければわからないほどの変化《へんか》だったが、めずしくこたえがかえってきたこと自体《じたい》に、部下《ぶか》は目《め》をまるくする。

だが月村《つきむら》はそれ以上言葉《いじょうことば》をつづけることはなかった。

しずまりかえった研究室《けんきゅうしつ》で、部下《ぶか》は居心地《いごこち》わるそうに咳《せき》ばらいをひとつする。

「じゃ、じゃあつぎのミッションは、ちょっとレベルをあげたものを考《かんが》えておきます！」

「ああ」

感情《かんじょう》の読《よ》めない声《こえ》でひとことだけいって、月村《つきむら》はモニターをじっと見《み》つめていた。

（……絶望《ぜつぼう》はあきらめから訪《おとず》れる。私《わたし》は――……）

複数回参加者《ふくすうかいさんかしゃ》の陽人《はると》、玲《あきら》、凛《りん》のデータを呼《よ》びだしながら、月村《つきむら》はあごの下《した》に組《く》んだ手《て》をあてる。

（未来《みらい》にむかって、私《わたし》の計画《けいかく》をすすめるだけだ）

逃《とう》走《そう》中《ちゅう》参《さん》加《か》者《しゃ》名《めい》簿《ぼ》
×
確保《かくほ》
和泉《いずみ》陽人《はると》
×
確保《かくほ》
白井《しらい》 玲《あきら》
×
確保《かくほ》
小清水《こしみず》 凛《りん》
×
確保《かくほ》
佐々木《ささき》 恵太《けいた》
×
確保《かくほ》
宍戸《ししど》 翼《つばさ》
◎
児玉《こだま》 望《のぞむ》
×
確保《かくほ》
岡部《おかべ》隼人《はやと》
×
確保《かくほ》
浅間《あさま》つばめ
○
自首《じしゅ》
成功《せいこう》
土岐《とき》瑞穂《みずほ》
×
確保《かくほ》
谷川《たにがわ》 鷹《たか》
逃走成功者《とうそうせいこうしゃ》
1名《めい》 児玉《こだま》 望《のぞむ》
賞金額《しょうきんがく》
¥600,000

12 離《はな》れていても、いつだって

新幹線《しんかんせん》の白《しろ》い流線型《りゅうせんけい》の車体《しゃたい》を見《み》あげて、望《のぞむ》はちいさく息《いき》をついた。

行《い》き先《さき》を告《つ》げるアナウンスは流《なが》れ終《お》わって、もうあと少《すこ》しで出発《しゅっぱつ》の時間《じかん》だ。

まだ小学生《しょうがくせい》の望《のぞむ》が、ひとりでここに残《のこ》るなんてできるわけがないから、いかなければならないことはわかっている。

(じゃあな、翼《つばさ》)

心《こころ》のなかでそういって、足《あし》をふみだしたそのとき。

「望《のぞむ》、いたーっ！」

「!?」

大《おお》きな声《こえ》で名前《なまえ》を呼《よ》ばれて、望《のぞむ》はびっくりしてふりかえった。

「よかった！　まにあった！　ごめん、電車《でんしゃ》がおくれちゃって！」

「つ、翼《つばさ》!?」

はぁはぁとあがる息《いき》を肩《かた》でつきながら笑顔《えがお》を見《み》せたのは翼《つばさ》だった。

まさか新幹線《しんかんせん》のホームまで見送《みおく》りにきてくれるなんて思《おも》っていなかった。

おどろいて言葉《ことば》がでない望《のぞむ》にかわって、息《いき》をととのえた翼《つばさ》はニコッと笑《わら》って拳《こぶし》をつきだす。

「あたらしい学校《がっこう》でもがんばって！」

「……ああ」

望《のぞむ》も拳《こぶし》をつきだしながらそういうと、自分《じぶん》でも思《おも》っていた以上《いじょう》に声《こえ》がふるえているのがわかった。

「だいじょうぶ、ぜったい友《とも》だちもできるよ！」

はげましてくれる翼《つばさ》の言葉《ことば》を聞《き》くたびに、明日《あした》から本当《ほんとう》に翼《つばさ》がいない土地《とち》にいくんだという現《げん》実《じつ》をつきつけられる気分《きぶん》になる。

「……でも、……翼《つばさ》みたいな友《とも》だちは、さすがにできないかもな」

かっこいいだとか、クールだとか、みんなは望《のぞむ》のことをそういうけれど、本当《ほんとう》はこんなにかっこ悪《わる》いし情《なさ》けない気《き》もちになってばかりだ。鉄道《てつどう》が好《す》きで、だけど翼《つばさ》のようにだれにでもオープンに好《す》きだという勇気《ゆうき》もなかった。

あたらしい学校《がっこう》で、翼《つばさ》のような友《とも》だちができる気《き》がしない。

「あたりまえ！　僕《ぼく》たちは親友《しんゆう》なんだ。と――、特別《とくべつ》な友《とも》だちなんだから！」

そう思《おも》った望《のぞむ》の胸《むね》を、翼《つばさ》がドンッと拳《こぶし》でたたいた。

「翼《つばさ》――」

その拳《こぶし》がふるえている。

望《のぞむ》を見《み》あげる翼《つばさ》の瞳《ひとみ》が、眼鏡越《めがねご》しでもわかるくらいにうるんでいた。

「……だな。そうだなっ。俺《おれ》たちは、特別《とくべつ》だもんなっ！」

離《はな》れるのがつらいのは、自分《じぶん》だけではないのだ。

こんなにも同《おな》じ気《き》もちでいてくれる友人《ゆうじん》が、この同《おな》じ地球上《ちきゅうじょう》にいてくれる。

そのとき、乗車《じょうしゃ》をうながすアナウンスがホームに流《なが》れた。

発車《はっしゃ》いたします、お近《ちか》くの乗車口《じょうしゃぐち》からご乗車《じょうしゃ》ください、というアナウンスに押《お》されるようにして、新幹線《しんかんせん》に乗《の》りこむ。

「望《のぞむ》！　僕《ぼく》たち、ぜったい、また会《あ》える！」

その背中《せなか》に、翼《つばさ》が大《おお》きな声《こえ》で呼《よ》びかけた。

「ああ、ぜったいだ！」

ふりむいて、こんどこそ望《のぞむ》はニカッと笑《わら》った。

涙《なみだ》で視界《しかい》がにじんでしまうのが悔《くや》しいけれど、これぱっかりはしかたない。

「距離《きょり》なんてたいしたことないんだからね！」

「ああ！　新幹線《しんかんせん》ならたったの2時間《じかん》だ！」

「映画《えいが》1本分《ぽんぶん》の距離《きょり》！」

ホームドアにつづいて、新幹線《しんかんせん》のドアがゆっくりと閉《し》まる。

泣《な》き笑《わら》いで大《おお》きく手《て》をふる望《のぞむ》を乗《の》せて、新幹線《しんかんせん》はゆっくりと未来《みらい》にむかって進《すす》みだした。


「つながってるか？」

無事《ぶじ》に【逃走中《とうそうちゅう》】からもどった陽人《はると》が、新幹線《しんかんせん》でおばあちゃんの家《いえ》へとついた夜《よる》。

陽人《はると》は、父《とう》さんから借《か》りたノートパソコンで、玲《あきら》と凛《りん》に通話《つうわ》をつないでもらっていた。

画面《がめん》にふたりの顔《かお》が映《うつ》る。

『ねぇねぇ、走《はし》る新幹線《しんかんせん》ってどんな感《かん》じだったの？』

凛《りん》がさっそく、わくわくとした様子《ようす》で質問《しつもん》してくる。

「すっげー速《はや》かったし、思《おも》ったよりゆれなかった！　新幹線《しんかんせん》っておもしろいな！」

『いいな。僕《ぼく》も乗《の》ってみたくなってきた』

うらやましそうに玲《あきら》にいわれて、陽人《はると》はふと考《かんが》えた。

(サッカーの遠征試合《えんせいじあい》が新幹線《しんかんせん》でいくような場所《ばしょ》であればいいよな。そしたら玲《あきら》も一緒《いっしょ》にいけるし。あ、でもそれだと小清水《こしみず》はこられないのか……)

なにかいい方法《ほうほう》でもあればいいのにと思《おも》っていると、凛《りん》がしみじみとした口調《くちょう》でいった。

『それにしても、こうやってみんな別々《べつべつ》の場所《ばしょ》にいるのに、顔《かお》を見《み》て普通《ふつう》に話《はな》せるってすごいわよねー』

画面《がめん》をコツコツとたたいているのか、指《ゆび》が画面《がめん》に近《ちか》づいている。

いわれて、たしかにと陽人《はると》も思《おも》った。

電話《でんわ》やパソコン、スマホがない時代《じだい》があったなんて、陽人《はると》には想像《そうぞう》もできない。

だけど、その時代《じだい》の人《ひと》たちは、遠《とお》く離《はな》れた相手《あいて》と連絡《れんらく》をとるのはきっと大変《たいへん》だったにちがいない。

「昔《むかし》は手紙《てがみ》とか……なんだっけ？　電報《でんぽう》？　とかしかなかったんだもんな」

『あ、あと、モンキー信号《しんごう》よね！』

「モンキー信号《しんごう》……？　ってなんだ？」

『モールス信号《しんごう》のことかな。さすがにそれはだいぶ昔《むかし》だったと思《おも》うけど……』

どちらにせよ、いまよりずっと大変《たいへん》だったことはまちがいない。

どんどん進化《しんか》した技術《ぎじゅつ》が、距離《きょり》を近《ちか》づけてくれているようだ。

いまこうして画面越《がめんご》しに話《はな》していると、すぐにでも会《あ》えそうな気《き》がしてくる。

『でもいつか私《わたし》たちも、大人《おとな》になって、本当《ほんとう》に遠《とお》い場所《ばしょ》で働《はたら》くこともあるのかしら』

そんなことを思《おも》っていたら、ふいに凛《りん》がそんなことを口《くち》にした。

陽人《はると》と玲《あきら》は、画面越《がめんご》しに思《おも》わず視線《しせん》をかわす。

「それは――」

ない、とはいえない。

陽人《はると》たちはまだ子《こ》どもで、未来《みらい》は無限《むげん》に広《ひろ》がっている。

今回《こんかい》の【逃走中《とうそうちゅう》】で出会《であ》った翼《つばさ》と望《のぞむ》のように、なにかの理由《りゆう》で距離《きょり》が遠《とお》く離《はな》れてしまう可能性《かのうせい》だってゼロじゃない。

（そうなったら……なんか、ちょっとさびしいよな……）

はっきりと具体的《ぐたいてき》な想像《そうぞう》はできないけれど、考《かんが》えてみたらそんな気《き》もちになってくる。

沈黙《ちんもく》が落《お》ちそうになった3人《にん》のあいだに明《あか》るい声《こえ》をいれたのは玲《あきら》だった。

『たしかに。僕《ぼく》や陽人《はると》が海外《かいがい》のサッカーチームにはいったらそうなるかも。だけど、そのときはひとまずこういうふうにネットをつないで、いっぱい話《はな》そうよ』

その声《こえ》はキラキラとかがやく未来《みらい》を語《かた》っていて、陽人《はると》はハッと視界《しかい》がひらけた気《き》がした。

（海外《かいがい》のサッカーチームにはいったら——）

そうだ。距離《きょり》が離《はな》れることはさびしいけれど、全部《ぜんぶ》が悪《わる》いわけじゃない。

距離《きょり》がどれだけ離《はな》れても、心《こころ》でつながっていればおんなじじゃないか。

陽人《はると》は大《おお》きくうなずいた。

離《はな》れたいわけではないけれど、もしたとえそうなったとしても、かわらない友情《ゆうじょう》が陽人《はると》たちのあいだにはあると自信《じしん》をもってそういえる。

「たとえどこにいたって、俺《おれ》たちの旅《たび》の約束《やくそく》はぜったいだしな！」

『そうねー！　【逃走中《とうそうちゅう》】の賞金《しょうきん》でいく旅行《りょこう》、本当《ほんとう》にたのしみ！』

凛《りん》もたのしい未来《みらい》を夢見《ゆめみ》て、わくわくと心躍《こころおど》らせている。

『でも……』

だが、そんななか、さっきまでの明《あか》るさとはうってかわって、玲《あきら》が低《ひく》い声《こえ》になる。

「玲《あきら》？」

『どうしたの？』

両《りょう》ひじをつき、組《く》んだ手《て》にあごをのせた玲《あきら》が真剣《しんけん》な視線《しせん》をふたりにむけた。

『そのためには、僕《ぼく》たちも逃走成功《とうそうせいこう》させせないと……』

「『たしかに！』」

陽人《はると》と凛《りん》の声《こえ》がかさなって、それから3人《にん》はドッと笑《わら》いあったのだった。

この本《ほん》はテレビ番組《ばんぐみ》「逃走中《とうそうちゅう》」（フジテレビ系列《けいれつ》にて放送《ほうそう》）をもとに小説化《しょうせつか》されました。

監修

日高峻　笹谷隆司　加藤 大

「逃走中」番組スタッフ一同

集英社みらい文庫

逃走中《とうそうちゅう》

オリジナルストーリー
ハンター乗車中《じょうしゃちゅう》!? 新幹線《しんかんせん》で一発逆転《いっぱつぎゃくてん》！

逃走中《とうそうちゅう》（フジテレビ） 原案

小川《おがわ》 彗《すい》 著　kaworu《かをる》 絵

ファンレターのあて先
〒101-8050 東京都千代田区一ツ橋 2-5-10 集英社みらい文庫編集部
いただいたお便りは編集部から先生におわたしいたします。

2025年4月23日　第1刷発行

発行者　今井孝昭
発行所　株式会社 集英社
〒101-8050　東京都千代田区一ツ橋 2-5-10
電話　編集部 03-3230-6246
読者係 03-3230-6080
販売部 03-3230-6393（書店専用）
https://miraibunko.jp
装丁　+++ 野田由美子　中島由佳理
協力　株式会社フジテレビジョン
株式会社フジクリエイティブコーポレーション
東海旅客鉄道株式会社　リニア・鉄道館
印刷　TOPPANクロレ株式会社
製本　TOPPANクロレ株式会社

★この作品はフィクションです。実在の人物・団体・事件などにはいっさい関係ありません。

ISBN978-4-08-322005-0　C8293　N.D.C.913　190P　18cm

「みらい文庫《ぶんこ》」読者《どくしゃ》のみなさんへ

言葉《ことば》を学《まな》ぶ、感性《かんせい》を磨《みが》く、創造力《そうぞうりょく》を育《はぐく》む……、読書《どくしょ》は「人間力《にんげんりょく》」を高《たか》めるために欠《か》かせません。

たった一枚《いちまい》のページをめくる向《む》こう側《がわ》に、未知《みち》の世界《せかい》、ドキドキのみらいが無限《むげん》に広《ひろ》がっている。

これこそが「本《ほん》」だけが持《も》っているパワーです。

学校《がっこう》の朝《あさ》の読書《どくしょ》に、休《やす》み時間《じかん》に、放課後《ほうかご》に……。いつでも、どこでも、すぐに続《つづ》きを読《よ》みたくなるような、魅力《みりょく》に溢《あふ》れる本《ほん》をたくさん揃《そろ》えていきたい。読書《どくしょ》がくれる、心《こころ》がきらきらしたり胸《むね》がきゅんとする瞬間《しゅんかん》を体験《たいけん》してほしい、楽《たの》しんでほしい。みらいの日本《にほん》、そして世界《せかい》を担《にな》うみなさんが、やがて大人《おとな》になった時《とき》、「読書《どくしょ》の魅力《みりょく》を初《はじ》めて知《し》った本《ほん》」「自分《じぶん》のおこづかいで初《はじ》めて買《か》った一冊《いっさつ》」と思《おも》い出《だ》してくれるような作品《さくひん》を一所懸命《いっしょけんめい》、大切《たいせつ》に創《つく》っていきたい。

そんないっぱいの想《おも》いを込《こ》めながら、作家《さっか》の先生方《せんせいがた》と一緒《いっしょ》に、私《わたし》たちは素敵《すてき》な本作《ほんづく》りを続《つづ》けていきます。「みらい文庫《ぶんこ》」は、無限《むげん》の宇宙《うちゅう》に浮《う》かぶ星《ほし》のように、夢《ゆめ》をたたえ輝《かがや》きながら、次々《つぎつぎ》と新《あたら》しく生《う》まれ続《つづ》けます。

本《ほん》を持《も》つ、その手《て》の中《なか》に、ドキドキするみらい――。

本《ほん》の宇宙《うちゅう》から、自分《じぶん》だけの健《すこ》やかな空想力《くうそうりょく》を育《そだ》て、〝みらいの星《ほし》〟をたくさん見《み》つけてください。

そして、大切《たいせつ》なこと、大切《たいせつ》な人《ひと》をきちんと守《まも》る、強《つよ》くて、やさしい大人《おとな》になってくれることを心《こころ》から願《ねが》っています。

2011年《ねん》　春《はる》

集英社《しゅうえいしゃ》みらい文庫編集部《ぶんこへんしゅうぶ》